FUSION FANTASTIC STORY

SOKIN 장편소설

# 재벌 작가

# 재벌 작가 7

SOKIN 장편소설

초판 1쇄 찍은 날 § 2018년 3월 26일
초판 1쇄 펴낸 날 § 2018년 4월 2일

지은이 § SOKIN
펴낸이 § 서경석

총괄팀장 § 최하나
편집책임 § 김경민
편집 § 이종식

펴낸곳 § 도서출판 청어람
등록번호 § 제387-1999-000006호
등록일자 § 1999. 5. 31
어람번호 § 제1-2877호

주소 § 경기도 부천시 부일로 483번길 40 서경B/D 3F (우) 14640
전화 § 032-656-4452  팩스 § 032-656-4453
http://www.chungeoram.com
E-mail § chungeorambook@daum.net

ISBN 979-11-04-91694-6 04810
ISBN 979-11-04-91484-3 (세트)

FUSION FANTASTIC STORY

SOKIN 장편소설

# 재벌 작가

7

[완결]

청어람

# *Contents*

# 재벌 작가

# 제1장

## 전 세계를 사로잡았다

　김승완을 태운 차가 신사동 가로수길 근처에 도착했다.

　"여긴 왜······."

　번화가.

　짧은 미니스커트를 입은 여자들과 한껏 멋을 낸 남자들이 거리를 활보하는 곳이었다.

　우민이 기거하는 작가 사무실과도 약간 거리가 있는 곳.

　뉴질랜드에서 촬영만 하던 김승완은 그저 어리둥절할 뿐이었다.

　"편집실을 여기에 마련했습니다."

손석민의 안내에 따라 차에서 내려 이동했다. 뉴질랜드에 가기 전에도 몇 번 와본 적은 있었다.

김승완은 그때와는 비교도 되지 않을 만큼 변화한 느낌을 받았다.

"여기는 땅값이… 어마어마한 곳인데……."

우민이 한 발짝 앞으로 나섰다.

"제가 그것보다 많이 버니까요. 으슥한 곳에서 군만두 먹으면서 편집하면 떠오르는 아이디어도 사라집니다. 사람 많은 곳에서 맛있는 거 먹으면서 작업해야, 대중들이 좋아하는 작품이 나올 테니까요."

일행은 근처 리모델링된 단독주택으로 이동했다. 오래된 벽돌 주택은 정원까지 마련되어 있었다.

정원에 심어져 있는 봉선화에서는 꽃망울이 활짝 피어올라 있었다.

도심지에서 이런 정원이라니. 보는 것만으로도 뭔가 힐링이 되는 것 같았다.

"앞으로 편집은 여기서 하게 될 겁니다. 1층, 2층에 필요한 장비들을 마련해 놓았고, 잠은 바로 옆 건물 보이죠?"

손석민의 손가락을 따라 김승완의 시선이 이동했다.

단독주택 바로 옆에 세워져 있는 5층짜리 빌라. 그 꼭대기를 가리키고 있었다.

"저기 꼭대기 층에 잠자리를 마련해 뒀어요. 각종 필요한 세면도구에서부터 안마 의자 등등 생활하는 데 불편함은 없을 테니까 편한 대로 사용하면 돼요."

"지, 집에서 출퇴근하는 게 아니라요?"

"그게 편하면 그렇게 해도 되는데, 여기서 생활하는 게 편하면 사용하라는 의미입니다."

주변을 두리번거리며 김승완이 집으로 들어섰다. 딱 봐도 비싸 보이는 모니터, 컴퓨터 본체가 즐비했다.

"장비는 최고급들로 맞춰놨으니까 한번 살펴보세요."

컴퓨터를 켜자마자 부팅이 완료되었다.

말 그대로 빛의 속도.

CPU는 인텔 코어 I9.

램은 64GB.

옆에 그래픽 카드 사양을 나타내는 스티커를 확인해 보니 엔비디아 전문가용 그래픽 카드 '쿼드로' 중에서도 최신 사양이었다.

최고급으로 맞춰놓은 건 컴퓨터만이 아니었다. 의자에 앉아 보니 쿠션감이 달랐다.

"의자도 좋네요……."

스틸 케이스.

사무용 가구 부문 세계 시장 점유율 1위 업체로, 지금 김승완이 앉아 있는 의자는 하나에 대략 300만 원 가까이 호가하는 제품이었다.

"스틸 케이스사 제품으로 다 맞췄어요. 1등 제품을 써야 1등 영화가 만들어진다는 저기 이우민 작가의 생각입니다."

약간의 비꼬는 듯한 말투였지만 우민은 신경 쓰지 않고 말했다.

"최고의 대우를 약속드렸으니까요."

"아, 네……"

김승완은 얼떨떨할 따름이었다.

만년 조연출에서 벗어나지 못할 줄 알았다.

최저 임금 수준의 돈을 받고 장완석 감독의 매니저 노릇을 하며 미래가 없는 삶을 살았다.

그 모든 것이 단숨에 바뀌었다.

"그에 걸맞은 작품을 만들어주세요."

그 어두운 터널을 탈출할 수 있었던 건 바로 눈앞에 서 있는 이 남자 덕분이었다.

최고의 작품.

'그걸 만들어야겠다'는 생각밖에 들지 않았다.


편집에 필요한 인원들은 내일부터 출근하기로 되어 있었지만 김승완은 당장에 편집을 시작하겠다며 자리에 앉았다.

그런 김승완을 두고 손석민과 우민은 주택을 빠져나왔다.

"이럴 줄 알고 그런 거냐?"

"저 정도의 열정도 없었다면 애초에 함께하지도 않았을 겁니다."

"…무서운 놈."

"잠재력이 있는 사람을 알아보았고, 그 사람을 적재적소에 투입했을 뿐입니다."

"그렇겠지."

"이제 배급만 신경 쓰면 되겠네요."

"해외 쪽은 문제가 없을 것 같은데 국내는 쉽지 않아."

"CG미디어 쪽에서 쉽게 관을 안 내주나 보죠?"

CG미디어.

장완웅이 회장으로 있는 거대 배급사로 국내 영화관의 55% 정도를 점유하고 있는 회사였다.

이미 우민과는 돌이킬 수 없는 강을 건넌 수준의 오해가 쌓인 곳이었다.

"그렇지 뭐. 다른 쪽 반응은 그나마 괜찮은데 CG 쪽은 영… 담당자가 아예 만나주지조차 않아."

"안 되겠네요, 거기."

손석민이 의기양양해하며 말했다.

"그러면 이번에 그쪽은 배급하지 말까? 어차피 영화는 초대박이 날 테고, 사람들이 네 영화를 보고 싶어서 데모라도 할 기세니까. CG미디어도 결국 네 영화를 받아들이게 되겠지."

"하하, 이제 제 패턴을 익히셨다 이겁니까?"

"너랑 나랑 함께한 게 몇 년이냐. 중국에서 절판, 일본에서 절판, 한국에서도 '간윤'의 조치에 대응해서 책을 거의 절판하다시피 했잖아. 이번 영화도 그럴 거라는 게 당연한 추론 아니겠냐?"

"하하하, 맞습니다. 정확해요."

손석민의 어깨가 한층 더 올라갔다. 우민은 천천히 다음 말을 이었다.

"얼마 전까지만 해도 비슷한 방법을 사용했을 겁니다. 말씀대로 영화는 해외에서도, 국내에서도 대히트를 칠 테고, 우리가 상영관을 확보하지 못하는 게 아니라 CG 측에서 영화를 확보하지 못한 상황이 벌어지게."

손석민의 올라갔던 어깨가 다시 천천히 내려갔다. 차에 올라타려던 걸음을 멈추고 뒤를 돌아보았다.

"얼마 전까지만 해도란 말은……."

"네, 이제는 그런 방법을 쓰지 않을 거예요."

"그러면?"

"그들이 가진 걸 빼앗아 올 겁니다."

"빼앗아?"

"지금은 상영관을 내어주지 않는 식으로 방해를 하지만 앞으로 점점 더 노골적으로 우리를 방해하겠다는 의도가 뻔히 보이는데도 가만히 있을 수는 없으니까요."

"어떻게?"

"주식회사잖아요. 이익이 떨어지면 주가는 떨어지고, 그 주식을 매수하면 곧 제 회사가 되는 거 아니겠어요."

"우민아, 한두 푼 하는 회사도 아니고, 정말 만에 하나라도 회사를 샀다고 치자. 경영은 누가 할 건데?"

우민이 손석민을 지그시 바라보았다. 그 담담한 눈길을 느낀 탓일까. 손석민이 검지로 자신을 가리키며 말했다.

"나?"

"아저씨가 아니면 아저씨가 아시는 분?"

"휴우… 꿈도 야무지다."

"펜은 칼보다 강하다. 세상을 관통하는 명언 아니겠습니까."

"그래. 마음대로 한번 해봐라."

손석민은 포기한 듯 이번에도 고개를 저었다.


*          *          *


장완석이 황급히 장완웅의 집무실로 뛰어 들어왔다. 들어서는 장완석을 향한 장완웅의 책망은 당연한 것이었다.

"여기가 무슨 네 집 안방이냐?"

"이우민 그 자식, 배급 때문에 찾아왔다며? 정말 그 새끼 영화 틀어줄 건 아니지?"

장완석은 숨 돌릴 틈도 없이 빠르게 말을 이었다. 그런 장완석을 보며 장완웅은 긴 한숨을 내쉬었다.

'휴우… 어쩌다 저런 게 내 동생으로 태어나서는……'

장완석은 피가 나도록 입술을 꽉 깨물었다. 만약에라도 허락했다면 형제의 연을 끊을 생각이었다.

"'배틀 걸' 편집은? 여름 끝나기 전에 개봉할 수 있겠어?"

"당연하지. 이번 영화는 정말 대박이야. 할리우드를 노려봐도 된다니까."

"300억이 넘게 들어갔다는 사실만… 꼭 기억해라."

그러나 장완석의 생각은 달랐다.

'이우민은 1,000억이 넘는 돈을 쏟아부었어. 나도 그 정도 투자만 받을 수 있었으면 아카데미상도 노려볼 수 있었는데… 젠장.'

"무, 물론이지. 그러니까 상영은 안 한다는 말이지?"

"그래. 어차피 하고 싶어도 못한다. '배틀 걸' 상영 시기와 거의 맞아떨어져. 한다고 해도 정말 최소한으로, 법에 저촉되지 않을 수준으로 할 생각이다."

청와대에서 있었던 사건, 그리고 그 전에 있었던 일로 장완웅도 감정이 별로 좋지 않았다.

아무리 사업과 별개로 생각하려 해도, 꽤씸함은 사그라들지 않았다.

"잘 생각했어. 형이라면 그렇게 할 줄 알았다니까."

"그렇게 생각하는 놈이 여기까지 찾아온 거냐? 한창 영화에 신경을 쏟아도 모자랄 시간에?"

"아, 아니, 그건……."

"쯧쯧, 못난 놈. 내가 엔터 쪽만 신경 쓰는 것도 아니고, 할 일이 태산 같은데 언제까지 네 뒷바라지를 해야 하는 거냐."

장완웅의 질책에 장완석의 목이 거북이처럼 움츠러들었다.

"……."

"겨우 상영관 막았다고 해서 흥행할 영화가 망하는 건 아니다. 우리가 점유하고 있는 상영관이 55% 정도. 나머지 45%의 영화관에서 전부 틀어준다면… 그 뒤는 말하지 않아도 알겠지."

"그러니까 형이 이번에도 힘 좀 써주면 되잖아. 형이 우리나라에서 모르는 극장주가 있어? 없잖아."

"이게 가장 큰 문제야."

"무, 무슨 말이야."

움츠러든 목이 보이지 않은 정도로 더욱 작아졌다.

"'배틀 걸'을 잘 만들어서 이길 생각을 해야지. 언제까지 상대방을 무너뜨려서 네 영화를 흥하게 할 생각이냐?"

"그거야 형이 처음부터……."

장완웅이 답답하다는 듯 버럭 소리쳤다.

"맨 처음 딱 한 번. 그때 끝냈어야 하는데, 쯧."

장완웅이 혀를 차자 장완석은 입술을 꾹 다물었다.

"할 말 끝났으면 나가봐."

어쩔 수 없이 찾아오긴 했지만 이곳에 찾아와 단 한 번도 기분 좋게 나간 적이 없었다. 장완석은 이번에도 으득거리며 이를 갈았다. 복수할 방법을 고민해 봤지만 아직까지는 도무지 방법이 생각나질 않았다.

*      *      *

〈CG미디어〉

시가 총액 3조 2천억 원.

현재 주가 96,300원.

CG라는 재벌 기업에서 엔터테인먼트를 담당하고 있는 계열사. 영화, 방송, 출판, 서점까지 손대지 않은 분야를 찾는 것이 빠를 정도.

〈지분 현황〉

㈜CG. 38%

장완웅. 4%

장완석. 1%

국민연금. 8%

외국인. 38%

기타. 21%

우민이 읽어 내려가던 보고서를 내려놓고 의자에 머리를 댄 채 눈을 감았다.

'합쳐서 겨우 5%의 지분을 가지고, 저 큰 회사를 움직여 왔단 말이지. 그것도 마음에 들지 않는 상대는 짓밟으면서 말이야.'

다들 쉬쉬하고 있을 뿐이지, 충무로, 그리고 방송가에서 장씨 일가가 벌인 만행은 이미 이루 말할 수 없을 정도였다.

어떤 사람은 우리나라 문화 예술의 수준이 두세 단계 떨어졌다고 표현하는 사람도 있을 정도였다.

'올라간 주가를 떨어뜨려 주식을 매집한다. 어차피 소액 주주, 외국인 주주들은 내 편이 될 수밖에 없을 테니까.'

누군가를 설득하는 일이라면 자신 있었다. 한 편의 편지로 총알도 막아낸 자신이다. 위임장을 얻어내는 것쯤은 일도 아니었다.

'그런데 누가 주식을 가지고 있는지 도통 알 수가 없단 말이지.'

어떤 회사도 소유하고 있는 주주 명부를 쉽게 열람하도록 두지 않는다. 대부분의 경우 소송이 필요하다. 소송이 시작되면 그 기간도 길거니와 판례 또한 기각되는 경우가 압도적 다수를 차지했다.

'정 안 되면… 쿠키 영상을 넣는 수밖에.'

쿠키 영상.

영화가 다 끝나고, 마치 보너스처럼 나오는 특별한 영상을 말한다.

'거기에 넣으면 게임 끝이지.'

생각을 마친 우민이 펜을 잡았다. 짧은 '논설문'이 순식간에 완성되었다.

\*         \*         \*

최고급 한우로 만들어낸 스테이크.

편집을 하고 있는 김승완에게 배달 온 오늘의 점심 메뉴였다.

스윽. 스윽.

칼로 썰어내자 약하게 피가 비쳤다.

미디엄 웰던.

사전에 주문받았던 그대로 고기는 구워져 있었다.

"역시… 돈이 좋구나."

호사도 이런 호사가 없었다. 끼니때마다 생각지도 못한 고급 요리들이 총출동했다.

최고급 한우 스테이크.

랍스터.

제주 흑돼지.

그리고 지방에서 올라온 제철에 맞는 각종 특산물까지.

육, 해, 공을 번갈아 가며 배달이 왔기에 굳이 식사를 하기 위해 나갈 필요도 이유도 없었다.

그저 집 안에서 받아먹고, 편집만 하면 되었다.

"확실히 엔지니어들의 수준이 다르니까 화면이 확 사네."

예전에 자신이 작업했던 영화들은 CG를 입혔을 때 뭔가 어색하다는 느낌이 강했다.

이대로 개봉한다면 분명 관객들도 알아차리고 그 부분에 대한 악평을 쏟아낼 것으로 예상했다.

예상은 여지없이 들어맞았고, 그럴 때마다 속상한 마음을 금할 수가 없었다.

예산만 조금 더 있었다면 능력 있는 엔지니어를 섭외하여 최고의 영화를 만들고 싶었지만 번번이 좌절되었다.

그 한을 원 없이 풀고 있는 중이었다.

"장대한 스케일, 화려한 그래픽, 그리고 권선징악의 전형적인 클리셰를 꼭 따라달라고 했지."

우민이 주문한 건 그리 어렵지 않았다. 꼭 영화관에 가서 봐야 하는 영화를 만들어달라는 게 다였다.

거대한 스크린과 온몸을 때리는 5.1 채널의 사운드가 꽉 들어찬 곳에서 봐야 제대로 느낄 수 있는 영화.

바로 할리우드에서 제작되는 영화들이었다.

"결국에는 오락성… 그거 하나만 보고 가자."

반전이 있는 서사 구조.

감동적인 스토리.

살아 있는 캐릭터들의 향연.

그 모든 것들을 철저히 배제한 채 영상미, 그리고 권선징악의 사이다 같은 스토리만 머릿속에 각인시켰다.


같은 시각.

서울 시내 모처에서 장완석도 '배틀 걸'을 편집하는 데 여념이 없었다.

"아 씨, 그래픽 정말 이것밖에 안 돼? 이 정도는 나도 하겠다."

잔뜩 짜증이 섞인 말에 함께 영상을 보던 엔지니어가 눈살을 찌푸렸다.

"들인 돈이 얼만데 퀄리티가… 아나."

장완석이 입을 열 때마다 불평불만이 쏟아져 나왔다. 그때마다 함께 있던 엔지니어의 표정은 구겨졌다.

이미 충무로에 쫙 퍼진 소문이 하나 있었다.


"개랑 같이 작업하다가 개 될 거 아니면 하지 마라."


그놈의 돈이 뭐라고.

엔지니어는 계약을 맺은 자신의 선택을 후회, 또 후회했다.

"장면을 좀 더 명확히 알려주시면 수정해 보도록 하겠습니다."

"됐어. 벌써 수정만 수십 번 했는데 더 이상 안 된다는 말이겠지."

으드득.

엔지니어가 슬며시 이를 갈았다.

'그걸 아는 놈이 그래?'

말하고 싶은 걸 간신히 참았다.

"할 수 없지 뭐. 이러니까 감독이 필요한 거야. 화려한 그래픽도 중요하지만 그것보다는 영화의 스토리에 관객들이 집중하니까 말이야."

이미 동료 엔지니어로부터 이럴 경우 대처하는 법을 터득해 두었다.

"물론입니다. 바로 그게 무엇보다 중요하다고 생각하고 있었습니다."

"하, 역시 자네가 뭘 좀 아는구먼."

"감독님 각본이야 충무로에서 이미 소문이 자자하니까요."

엔지니어의 칭찬에 장완석은 히죽거리는 웃음을 멈추지 못했다.

"허허, 벌써 소문이 거기까지 났나 보지."

"모르는 사람이 없을 정돕니다."

"뭐, 주머니 속에 송곳이라는 말도 있으니까. 재능이란 게 숨기려야 숨겨지는 게 아니더라고."

엔지니어의 맞장구에 장완석은 자기 자랑을 끊임없이 늘어놓았다. 엔지니어는 가끔은 웃음으로, 때로는 장완석이 했던 말을 따라 하며 대답했다.

"어차피 '배틀 걸'이라는 영화 자체가 싸워야 하는 숙명을 타고난 여전사의 사랑과 고뇌, 그 속에서 피어나는 휴머니티에 집중한 영화니까."

엔지니어는 비웃음이 새어 나오려는 걸 겨우 참았다.

'어휴, 그래서 여배우 노출 신을 그렇게 찍어대고, 안 하겠다는 정사 신을 바득바득 우겨서 집어 넣으셨습니까?'

엔지니어는 이번에도 참았다. 자신이 말한다고 해서 무엇이 달라질까. 오히려 임금을 받지 못할 가능성만 높아질 뿐이다.

"어디 보자, 일단 첫 장면은 강렬한 정사 신이 좋겠지."

엔지니어는 슬며시 비소를 머금었다.

'그럼 그렇지. 생각하는 것하고는.'

자아도취에 빠진 장완석은 그저 자기 자랑을 늘어놓는 데 정신이 없었다.

*                *                *

─저희는 그때 따로 걸기로 한 작품이 있어서 어렵겠는데요.

─아이고, 아쉽네요. 개인적으로 저도 기대하던 작품인데 이미 일정이 꽉 차서요.

─좀만 더 일찍 알려주시지. 그랬으면 상영관 몇 개 빼놨을 텐데.

손석민이 상영관을 잡기 위해 돌아다니며 들은 소리였다.

"기가박스 알지? 지금까지 잡은 곳이 거기 한 군데밖에 없다. 상영관 잡는 게 어렵다, 어렵다 했지만 이렇게까지 될지 누가 알았겠냐."

"누가 시킨 건지는 보나마나 뻔한 거겠죠?"

"극장주 한 명이 귀띔까지 해줬어."

"정말 썩을 대로 썩어빠졌네요."

"그래서 어쩔 생각이야. 이대로 편집이 잘빠져서 영상이 나온다고 해도 개봉할 상영관이 몇 군데 없잖아."

"일단 기가박스는 잡았으니까… 상황을 지켜보죠. 해외 쪽은 어떻게 되고 있어요?"

"해외는 하루라도 빨리 네 영화를 받고 싶어서 난리가 났다. 영화 내놓으라고 아주 성화야."

"김 감독님이 보내준 메인 예고편부터 보내서 일단 달래도록 하죠."

"중국 쪽은 어떻게 진행할까?"

"흐음……."

중국.

13억이 넘는 인구를 자랑하는 세계 최대의 시장.

이미 우민의 '무한록'이 그곳을 선점하고 있는 중이었다. 마진위 회장이 론칭한 '하이두 웹소설' 사이트에서 연재 중인 '무한록'은 소설에 관한 각종 모든 기록을 갈아 치우며 승승장구하고 있는 중이었다. 얼마 전에는 영화로도 만들어져 개봉했다.

현재까지 누적 관객 수 5천만 명.

누적 수입 삼천억.

우민은 마진위와의 계약에 따라 약 천억 원가량에 IP를 팔았다. 영화의 수입이 직접적인 수익과 연결되지는 않았다.

"마 회장한테서 연락이 왔는데 최소 1억 명 예상한다는데? 매출은 40억 위안. 우리나라 돈으로 하면······."

빠르게 계산을 마친 우민이 대답했다.

"대략 6,558억 원 정도 됩니다."

"그 정도면 중국에서 개봉한 영화 중에 역대 박스 오피스 10위권 안에 든다더라. 전화하는 내내 '떨어진 달' 영화 개봉 빨리 했으면 좋겠다고 몇 번을 강조하더라니까."

손석민의 말을 듣고 있던 우민이 생각에 빠졌다. 얼마 전 인터넷에서 본 뉴스가 얼핏 떠올랐다.

"이번에 '배틀 걸'도 해외 쪽 알아보고 있다고 하지 않았어요?"

"아마··· 그럴걸. 우리 때문에 묻히기는 했지만 '배틀 걸'도 제작비가 어마어마하게 투입됐잖아. 우리만 아니었으면 역대 제작비 상위권 1등으로 홍보하는 건데 그쪽에서는 아쉽게 됐지."

손석민이 재빨리 다음 말을 이어갔다.

"너 설마······."

"중국 쪽에 먼저 말해두세요. '배틀 걸' 들어오면 우리는 빠질 거라고."

"야, 만약 그랬다가… 혹시라도 우리가 빠지는 경우가 생기면 어쩌려고."

"언제나 그렇듯이."

"그럴 일은 없다."

"걱정도."

"팔자다."

"하하, 이제 정말 완벽 적응하셨네요."


\*　　　　　\*　　　　　\*


쿠과과과광.

귀를 찢는 듯한 효과음과 함께 하늘에 떠 있던 달이 떨어졌다. 대지는 울부짖었고, 땅 위의 사람들은 절망했다.

그 위로 한 사람이 나타났다.

등에 메고 있던 바스타드 소드를 휘두르자 떨고 있던 대지는 안정을 찾아갔고, 울부짖던 사람들도 눈물을 거두었다.

남자는 검을 멈추지 않고, 앞으로 달려 나갔다.

그 앞에 거대한 회색빛 성이 모습을 드러냈다. 성 위에서 날아오른 와이번은 성인 머리의 몇 배가 되는 돌을 사람들 머리 위로 떨어뜨렸다.

서걱.

그러나 아무 소용없었다. 그저 부드러운 칼 놀림 한 번에 마치 두부처럼 잘려 나가기 일쑤였다.

끼이이익.

쿠궁.

그건 성문이라 해도 크게 다르지 않았다. 성까지 달려간 남자가 쥐고 있던 바스타드 소드를 휘두르자 절대로 열릴 것 같지 않았던 성문이 두 동강이 나며 반으로 잘려 나갔다.

그 안에서 모습을 드러낸 건 인간이 아닌 기괴한 모습을 한 몬스터들.

남자는 이번에도 걸음을 멈추지 않고 거침없이 달려 나갔다.

짝짝짝.

예고편을 확인한 우민은 박수 소리로 대답을 대신했다.

"제가 생각하고 있던 장면 그대로입니다. 오히려 한 단계 진일보했다고 봐도 될 정도예요."

김승완이 감격에 찬 눈빛으로 꿀꺽 침을 삼켰다.

"감사합니다."

"제작 전부터 사무실에 찾아와서 감독님이 분석하신 책의 내용을 들으며 대충 예상하기는 했습니다. 이 영화를 만드는 데 감독님보다 적임자는 없다."

최고의 찬사에 김승완의 표정은 한층 더 격앙되어 갔다. 그간의 피로가 절로 씻겨 나가는 듯한 기분이었다.

　함께 있던 손석민도 온몸에 흐르는 전율을 감추지 못하는 눈치였다.

　"이건 뭐, 흠잡을 데가 없겠는데요? 여기 보여요? 닭살까지 돋았습니다."

　손석민이 셔츠를 걷어 팔뚝을 보여주었다. 정말 오돌토돌한 닭살이 올라와 있었다.

　"지원이 최고였으니까요. 그런 지원을 받고도 작품을 뽑아내지 못한다면 이 바닥 떠나야죠."

　"이 정도 퀄리티면 굳이 TV 광고를 할 필요도 없겠어요. 그냥 제 SNS에만 올려도 충분할 것 같은데요?"

　"지금 네 팔로워가 몇 명이었지?"

　"88M이었던 것으로 기억하는데 요새는 잘 안 들어가서 모르겠네요."

　"88M이면……."

　계산을 해보던 김승완이 입술을 달싹거렸다.

　"거의 9천만 명이 넘는 숫자잖아요."

　이미 알고 있던 손석민이 담담하게 대답했다.

　"정말 거기에만 올려도 될까? TV 광고는 필요 없겠어?"

　"괜히 쓸데없는 데 돈 쓰지 말고, 그 돈으로 말씀드린 것 좀 잘해주세요."

우민의 말을 듣자마자 손석민이 짧은 한숨을 토해냈다.

"휴우… 알았다. 그렇게 할게."

"국내에서 돌아다니는 주식은 거의 다 매집한다 생각해 주세요. 5% 넘지 않게 잘 분산시키는 것도 잊지 마시고요."

함께 있던 김승완은 어리둥절할 뿐이었다.

주식.

매집.

단어의 의미는 파악하고 있었지만 맥락상 이해가 되지 않았다.

어차피 둘은 김승완을 이해시킬 생각도 없었다.

"그럼 이 자리에서 바로 올려볼까요? 제 메일로 하나 보내주시겠어요?"

금세 영상은 우민의 메일로 전송되었고, 스마트폰으로 영상을 확인한 우민이 바로 SNS를 통해 영상을 업로드시켰다.

**#개봉박두#떨어진달#예고편#이우민#기대해**

해시태그까지 붙여 업로드를 마친 우민이 말했다.

"자, 그럼 고생하셨는데 회식이나 하러 갈까요? 괜찮은 일식집으로 예약해 두었습니다."

일행은 이내 자리를 떴다. 오랜만에 편집실에는 고요함이 찾아왔다.

그러나 인터넷 세상은 정반대였다.

우민이 올린 한 편의 영상에 중독된 사람들이 아무 일도 하지 못하고, 떨어진 달의 예고편만 수없이 돌려 보았다.

마치 우민이 출판한 '그래도 사랑한다'를 수도 없이 다시 읽어보는 것과 같은 현상이 일어나고 있었다.

*         *         *

실시간 검색어 순위를 집어삼킨 이변은 다양한 결과를 낳았다. 이제는 대중들에게 피로감까지 줄 수도 있을 법한 현상이건만, 올라온 예고편 덕분일까.

사람들은 열광하기에 바빴다.

—오지고, 지리고, 고요고요 고요한 밤에 '떨어진 달' 예고편 시청하는 부분? 인정. 어, 인정.

어린 청소년에서부터.

—이우민 작가가 책에서 보여준 세상이 그대로 구현되어 있는 것 같다는 느낌을 받았습니다. 강추 드립니다.

20대 대학생, 그리고.

—저는 액션 영화는 별로 안 좋아라 하는데… 신랑 님이 보여줘서 한 번 봤네요. 울 아들램도 눈이 또랑또랑해져서 보더라고요. 예고편대로만 나온다면 개봉 후 온 가족 오랜만에 영화관 나들이할 예정입니다.

30대 유부녀까지.

온 연령층에서 전폭적인 지지를 받았다. 특히나 우민의 두터운 팬층인 20대 여성들은 알아서 SNS에서 예고편을 퍼다 날랐다.

#이우민작가#떨어진달#영화#예고편#9월15일#기대해
#떨어진달#핵꿀잼#이건봐야돼#넘사벽
#박스오피스l위예약#이천만#한국l등을넘어세계l등

다양한 단어의 해시태그가 붙어 SNS에 빛의 속도로 퍼져 나갔다. 그리고 SNS에서 부유하는 영상을 8시 뉴스에서 보도하는 지경에까지 이르렀다.

—안녕하십니까. 오늘 9시 뉴스는 이 영상을 보며 시

작하겠습니다.

그리고 나온 영상은 우민이 SNS에 올린 예고편이었다.

─해당 영상은 이우민 작가의 '떨어진 달'을 원작으로 제작된 영화의 예고편으로 감각적인 영상미, 손발을 묶어 버리는 전율로 대중들을 사로잡았습니다.

─현재 최단 기간 '1억 뷰'를 돌파했으며 이른바 '이우민 열풍'을 불러일으키는 중입니다.

─초등학생 시절 '노벨 문학상' 논란에서부터 지금까지, 언제나 대중들의 관심 그 중앙에 있었던 이우민 작가. 오늘 9시 뉴스 '이슈 타파' 시간에는 이우민 작가에 대해 한번 들여다보겠습니다.

간만에 글쓰기를 멈추고 쉬고 있던 우민도 소식을 듣고 뉴스를 보고 있었다.

"뉴스에 나오는 건 오랜만이네."

각종 논란이 있을 때마다 뉴스의 한 꼭지를 차지했다. 가끔은 헤드라인을 장식하며 가장 처음에 소개되기도 했다. 뉴스에 나오는 자신이 전혀 어색하지가 않았다.

"조사를 많이 했군."

그렇게 TV를 보고 있는 사이 급하게 핸드폰이 울렸다. 발신자를 확인해 보니 손석민.

우민이 핸드폰을 들었다.

"뉴스 보셨어요?"

―전화한 이유가 바로 그거다.

손석민의 대답을 듣자마자 대충 감이 왔다.

"기업에서 예고편을 사용하고 싶대요?"

―이제는 족집게 도사가 다 됐구나.

"뻔한 거죠."

―투자사들 연락도 쇄도하는 중이다. 지금이라도 혹시 투자할 수 있냐고. 문의가 엄청나.

"그냥 핸드폰을 꺼두세요."

이번에도 예상했던 대답이다. 그리고 예상했던 질문이 손석민에게서 흘러나왔다.

―몇 개만 하면 안 될까? 개봉 전까지 예고편 사용하는 데 10억 부르더라. 알아서 홍보도 되고 꿩 먹고 알 먹고 아니냐.

"그런 식으로 기업에서 사용되기 시작하면 작품의 신비감을 해칠 수가 있어요. 안 됩니다."

우민의 거듭된 거부에 손석민도 더 이상 권유할 수 없었다.

―이건 어차피 안 될 거라 생각하고 한 번 물어본 거고. 전화한 이유는 따로 있는데 말이다.

"네?"

―지금 바로 FOX 뉴스 한번 틀어보거라.

우민도 한국에서 몇 번 본 적이 있었기에 쉽게 방송을 틀 수 있었다.

195번을 누르자 익숙한 영상이 흘러나오는 중이었다.

―잘 보이지? 미국에서도 흘러나오고 있다. 그러면 이제 다시 CCTV4 한번 틀어봐.

"거긴 중국 방송이잖아요."

―알긴 아는구나. 채널은 177번이다.

손석민이 시키는 대로 우민이 채널을 이동했다. 이번에도 화면에서 송출되고 있는 건 영화의 예고편.

지금까지 감추고 있던 흥분을 한 번에 폭발시키며 손석민이 말했다.

―그뿐만이 아니다. 유럽 방송에서도 네 예고편이 흘러나오고 있어.

그 말은 곧 전 세계 사람들이 예고편을 보고 있다는 뜻이었다. 잔뜩 흥분한 손석민이 침을 튀겨가며 빠르게 말을 이었다.

―이러다 전 세계 박스 오피스 흥행 순위에 드는 거 아니냐?

이번에도 우민의 반응은 한결같았다.

"하하, 당연하죠. 이 영화는 전 세계를 사로잡을 겁니다. 그렇게 될 거예요."

우민의 말에는 확신이 담겨 있었다.

*　　　*　　　*

편집실에 앉아 영상을 돌려보던 장완석이 흐뭇하게 웃었다.

"흐흐흐, 이건 대박이야. 대박!"

보면 볼수록 마음에 꼭 들었다.

서서히 드러나는 가슴 선, 그 밑에 보이는 골반, 그리고 허벅지까지. 화면은 매끈한 여배우의 전신을 훑어 내렸다.

이내 오디오를 통해 흘러나오는 여자의 교성.

―하아… 하아, 좋아.

미성의 여자가 지르는 신음 소리가 오디오의 대부분을 차지하고 있었다.

영상은 말 그대로 살색의 향연.

몸부림치는 여자를 영상 속의 남자는 더욱 거세게 몰아붙였다.

―그렇게, 계속하란 말이야.


여자의 재촉에 남자는 쉬지 않고 하체를 움직였다. 여자의
얼굴이 서서히 환희로 물들어갔다.

클로즈업되는 여자의 표정.

거기서 영상은 멈추었다.

"후우… 좋아. 딱 내가 원하는 그대로 나왔군."

장완석은 만족스러운 표정으로 편집실을 나와 영상을 넣은
노트북을 들고 장완웅을 찾았다.

CG미디어.

거대 미디어 그룹답게 상영관만이 아니라 여러 TV 채널 또
한 보유하고 있었다. 예고편이 나오면 당연히 이곳에서 방송
하며 홍보를 시작한다. 그 전에 장완웅의 허락을 받아야 했
다.

퉤.

그 사실을 떠올리자 기분이 더러워진 장완석이 엘리베이터
바닥에 침을 뱉었다.

CCTV에 전부 찍히고 있었지만 전혀 개의치 않았다. 세상
에서 장완석을 긴장시킬 수 있는 사람은 오직 한 명밖에 없었
다.

얼마 뒤, 그는 잔뜩 긴장한 채로 장완웅을 바라보았다.

2분 30초라는 시간이 마치 하루처럼 느껴지는 순간이었다.

"그래도 사랑한다."

"으응?"

"나도 봤다."

무슨 말인지 이해하지 못한 장완석이 되물었다.

"그랬어? 나는 또 그런 책은 관심 없는 줄 알았지."

"이 영상이 '그래도 사랑한다'에서 묘사된 정사 신과 다른 점을 설명해 봐."

"…어?"

장완웅은 싸늘한 눈빛으로 동생을 보았다.

"10초 준다."

장완석의 목이 잔뜩 움츠러들었다.

9.

8.

7.

그 순간에도 시간은 흐르고 있었다. 수많은 변명거리가 머릿속에서 명멸하다가 사라졌다.

그러다 남은 한 가지 답.

1까지 센 장완웅이 앞에 놓여 있던 노트북을 거칠게 바닥에 던져 버렸다.

퍼석.

대리석 바닥에 부딪쳐 산산조각 난 노트북 잔해가 사방으로 비산했다.

"네 머릿속에는 도대체 뭐가 들어 있기에 이따위 것밖에 가져오지 못하냐? 천만 감독. 한번 말해봐, 응?"

장완웅이 몰아붙여도 한마디 변명도 하지 못했다.

"너도 알고 있지, 천만. 그 앞에 붙어 있는 별명을 없애느라 내가 얼마나 힘썼는지."

불현듯 잊고 있던 기억이 떠올랐다.

표절 감독.

자신의 이름 앞에 붙었던 수식어였다.

"나가."

단 한마디였지만 그걸 이길 문장이 도무지 생각나질 않았다.

편집실로 돌아오자마자 장완석이 모니터를 집어 들고 미친 놈처럼 날뛰었다.

콰앙.

콰앙.

모니터가 걸레처럼 너덜거렸고, 그사이 숨소리는 더욱 거세지기만 했다.

후욱.

후우우우.

길게 숨을 내쉰 장완석이 들고 있던 모니터를 내려놓았다.

뚝.

검지를 타고 흘러내린 검붉은 피가 바닥으로 떨어졌다.

"×발."

편집실은 완전히 난장판이 되어 있었다.

지금까지 찍은 '배틀 걸'이 전부 저장되어 있는 곳이다. 자 칫 전체 영상이 날아가 버릴 수도 있었다.

그러나 장완석은 전혀 신경 쓰지 않았다. 오로지 자신이 당 한 치욕에 전신을 잠식당해 분노가 시키는 대로 몸을 움직일 뿐이었다.

*          *          *

한국의 3대 멀티플렉스 체인.

CG.

L시네마.

기가박스.

차례대로 1, 2, 3위를 차지하고 있었다. 세 군데가 합쳐져 점유율 96%. 세 곳 말고는 영화를 볼 수 있는 곳이 없다고 생 각해도 무방했다.

그중 CG는 일정을 이유로 상영에 난색을 표했다. 그나마 몇 개 알려준 상영관도 서울 도심지는 거의 없었고 하루에 채 10번의 상영 기회도 없었다.

어차피 큰 기대는 걸고 있지 않았기에 충격도 없었다.

그다음 찾아갔던 곳이 L시네마.

재벌의 마음은 재벌이 안다고 해야 할까.

영화만이 아니라 산업 전반에 발을 뻗치고, CG와 협력하고 있었다.

장완웅에게 반기를 드는 모습에 위협이라도 느낀 것일까.

영화의 상영에 그리 호의적인 반응을 보이지 않았다.

가장 호의적인 건 업계 최하위에 있는 기가박스.

영화의 성공적인 상영을 위해 전사적으로 발 벗고 나섰다. 그렇게 확보한 것이 80개 상영관에 530개 정도의 스크린.

기가박스의 전체 상영관이 85개였으니 90%가 훨씬 넘는 수준이었다. 가히 회사의 사활을 걸었다고 해도 과언이 아니었다.

전담 TF 팀까지 만들어져 예매 진행 상황을 체크 중이었다.

"최 대리 생각에는 어때? 영화가 예고편의 흥행을 이어갈 수 있을 것 같아?"

"사실 아직까지 잘 모르겠습니다. 2, 3분짜리 예고편이야 감각 있는 몇 사람 데려다 잘 만지기만 하면 뽑아낼 수 있으니까요. 두 시간 동안 관객을 앉아 있게 만드는 힘은 전혀 다른 것이라 생각합니다."

최 대리는 잠시 뜸을 들이다가 말을 이었다.

"그리고 원작은 소위 대박이 났지만 영화로 만들어 쪽박이 난 경우가 한두 번이 아니지 않습니까. 이런 부정적인 말로 초를 치고 싶진 않지만… 걱정이 많이 되는 게 제 진심입니다."

"뭐, 틀린 말은 아니지. 나도 사실 긴장되는 건 마찬가지니까."

"이렇게까지 한 영화에 상영관을 내준 적은 없으니까요."

거의 100%에 가까울 정도의 점유율.

그건 곧 리스크가 높다는 뜻이기도 했다. 영화의 인기가 시들해진다면 상영관을 많이 잡은 이유가 사라진다.

관객들은 기가박스를 찾지 않을 것이고, 그건 곧 손실을 입을 거라는 걸 뜻했다.

이 과장은 알고 있으면서도 다시 한번 물었다.

"휴우… 9시부터 예매 시작인가?"

"맞습니다."

현재 시간이 8시 50분.

10분 뒤면 예매가 시작될 것이고, 흥행의 윤곽이 어느 정도 드러날 것이다.

물론 초반 흥행 몰이에 성공한다고 해서 그 여세가 끝까지 이어진다고 장담하기는 힘들었다.

하지만 초반 흥행 몰이조차 실패한다면… 그 뒤는 없다.

딸각.

시침이 12라는 숫자를, 분침이 9라는 숫자를 가리켰다.

9시.

예매율을 확인하기 위해 관리자 페이지에 접속한 최 대리는 아무 말도 하지 못하고 연신 마른침만 삼켜댔다.

"몇 프로야?"

"그게……."

제대로 말을 잇지 못했다. 답답했던 이 과장이 최 대리의 뒤에 섰다.

0.

모든 통계 지표가 0을 가리키고 있었다.

"젠장……."

이 과장은 욕이 나오려는 걸 겨우 참았다. 모니터를 주시하던 최 대리가 말했다.

"그런데 이상하지 않습니까? 아무리 그래도 0은 말이 안 되잖아요. 최소한 한 명은 예약했을 텐데……."

그 순간.

이 과장의 핸드폰이 급히 울렸다.

─접속자 폭주로 예매 사이트가 마비됐습니다.

전산 담당자의 변명이 핸드폰을 통해 흘러나왔다.


*　　　　*　　　　*


마비.

웹, 앱 어떤 경로를 통해서도 예매 사이트에 접속되지 않았다.

**현재 접속이 원활하지 않습니다. 잠시 뒤 다시 접속 바랍니다.**
**현재 접속이 원활하지 않습니다. 잠시 뒤 다시 접속 바랍니다.**
**현재 접속이 원활하지 않습니다. 잠시 뒤 다시 접속 바랍니다.**


같은 내용의 공지 사항만이 노출되는 중이었다. 전산 팀의 내부는 마치 불난 집을 연상케 했다.

"뭐야, 아직 서버 증설 안 됐어?"

"지금 들여오고 있답니다."

"그래서 그렇게 클라우드로 이전하자고 했는데. 어휴, 거기로 이전만 했어도 이런 사태는 없지."

"일단 접속된 세션은 전부 끊고 리셋시키겠습니다."

"예약 디비는?"

"재기동 중에 있습니다."

"휴우, 알았다."

긴 한숨과 함께 자리에 앉은 전산 팀장이 목덜미를 주물렀다. 딱딱하게 굳어진 것이 주무를 때마다 고통스러운 신음이 흘러나왔다.

"젠장, 이 사태 끝나면 이전해야지. 이러다 내가 제명에 못 살겠어."

그렇게 수 분이 지난 후 팀원 중 한 명이 보고했다.

"서버 재기동하겠습니다."

그제야 예약 사이트에 접속이 가능해졌다.

\*                    \*                    \*

무대 인사를 위해 객석을 찾은 김승완은 객석을 가득 메운 관객들을 보며 울컥하는 마음에 조용히 눈물을 훔쳤다. 오로지 이날만을 기다리며 지난 십 년을 버텨왔다.

객석에 앉아 있는 관객들을 보니 그 결실이 맺어지는 것 같아 감격의 쓰나미가 밀려왔다.

자꾸만 붉어지는 눈시울을 감추기 위해 애쓰고 있을 때 사회자가 나서서 김승완에게 마이크를 내밀었다.

"먼저 '더 디렉터'의 초대 우승자이자, '떨어진 달'의 감독이

신 김승완 감독님을 소개드립니다!"

이미 방송을 통해 얼굴을 알린 탓일까. 김승완의 인기도 여느 연예인 못지않았다.

환호성과 함께 관객들은 초롱초롱한 눈망울이 되어 김승완을 쳐다보았다.

김승완이 떨리는 목소리로 천천히 말했다.

"가장 먼저 이곳을 찾아주신 관객 여러분들께 감사하다는 말씀을 드리고 싶습니다. 제가 감독이 되어 뉴질랜드로 촬영을 하기 위해 떠날 때 이우민 작가님이 제게 해준 말이 있습니다."

떨렸지만 또렷하고 강하게. 김승완이 다음 말을 이었다.

"'관객이 없으면 영화도 없다'. 이 말을 금과옥조로 여기며 촬영을 하고 편집을 진행했습니다. 여러분들이 편히 보실 수 있는 영화가 되도록 노력했습니다. 즐겁게 봐주시기 바랍니다."

김승완의 말이 끝나고 마이크는 주연배우들에게 넘어갔다. 그렇게 차례대로 무대 인사를 마치고, 김승완은 관객들의 반응을 직접 살펴보기 위해 객석 뒤편에 조용히 자리를 잡았다.

영화가 시작되고 이내 숨 막힐 듯한 정적감이 극장을 휘감았다. 이미 수도 없이 돌려 보았기에 영화는 보이지도 않았다.

오로지 관객들의 반응. 그것만이 궁금했다.

러닝타임 두 시간.

식은땀이 줄줄 흘러내려 온몸을 흠뻑 적실 때쯤, 영화도 마지막을 향해 달려갔다.

예고편에 나온 영상이 곧 마지막 신.

성문이 두 동강 나며, 천외의 힘을 가지게 된 주인공은 악을 도륙한다.

피와 살이 튀기는 장대한 스케일의 전투 신이 마무리되고, 잔잔한 음악이 흘러나왔다.

그때까지도 관객들은 일말의 미동도 보이지 않았다. 그 많은 관객들 중 화장실을 가거나 전화를 받기 위해 자리에서 일어나는 관객이 단 한 명도 보이질 않았다.

'대박인 건가? 아니면……'

애써 부정적인 생각을 떨쳐 버리며 고개를 흔들고 있을 때, 주인공은 마을로 돌아와 있었다.

그러나 보이는 건 시체와 폐허가 된 집들뿐.

그 속에서 사랑하는 여인의 목걸이를 집어 든 주인공의 눈가에 살짝 물기가 비쳤다.

영화는 끝이 났지만 자리에서 일어나는 관객이 없었다.

'재미있다는 뜻이겠지?'

스크린 위로 영화 제작에 참여한 사람들의 이름이 줄줄이 올라왔다. 이때쯤이면 대부분 자리에서 일어날 법도 하건만 사람들은 여전히 앉아 있었다.

'그래, 그런 뜻일 거야. 그다음은… 나도 모르겠다.'

반응을 확인한 김승완이 슬쩍 자리에서 일어났다. 그제야 몇몇 관객들이 서로 담소를 나누며 상영관을 빠져나가고 있었다.

"와, 이거 대박인데?"

"진짜 재밌네. 또 보고 싶을 정도야."

"2편은 언제 나온다냐. 빨리 나왔으면 좋겠네."

"이게 한국 영화라는 게 믿기지가 않는다."

"흐흐, 나는 여기 펀딩에도 참여했다."

뒤를 따라가며 들어보니 온통 영화가 '재밌다'는 말밖에 없었다.

영화의 성공을 확신한 김승완이 가고 난 뒤, 스크린 위로 쿠키 영상이 올라왔다.

─세계적인 문화 예술 기업을 만들겠습니다.

제목은 평범했지만 그 내용은 달랐다. 정확히는 기업을 만들겠다는 게 아니라 '기업을 사겠다'는 내용이었다.

우민은 '누구'라고 지칭하지는 않은 채 자신이 이 자리까지 올라오는 데 겪었던 수많은 일화들을 공개했다.

대부분의 일화는 영화를 시청한 관객들을 분노하게 만들기 충분했다. 분노의 감정은 우민이 마지막으로 공개한 이름에 집중되었다.

CG미디어.

우민이 사버리겠다고 말한 기업의 이름이었다. 해당 기업의 주식을 가지고 있다면 위임장을 전해달라는 내용이었다.

자신이 겪은 위기.

그걸 조장한 기업.

해당 기업을 인수하여 세계적인 문화 예술 기업으로 만들 겠다는 의지.

우민이 만들어낸 쿠키 영상은 마치 영화의 줄거리처럼 '권 선징악'의 스토리를 따르고 있었다.

\* \* \*

다음 날.

우민은 LA의 한 상영관 맨 뒷자리에 카타리나와 함께 앉아 있었다.

"어때, 기분이?"

"담담하지."

"한국에서는 전 상영관이 매진됐다고 하지 않았어?"

"응."

"그래도 담담해? 개봉 초기부터 엄청난 흥행 몰이를 하고 있는데?"

"한두 번 경험하는 일이 아니니까."

카타리나가 꺄르르거리며 웃어 보였다.

"이럴 때 보면 참 얄밉다니까."

"이렇게 잘생긴 내가 얄밉다고?"

쪽.

우민의 농담에 카타리나가 뽀뽀로 화답했다.

"영화 보고 우리 집에 인사 가는 것 잊지 않았지?"

우민이 고개를 끄덕였다. 영화는 하루 격차를 두고 한국에서 먼저 개봉했다.

그다음 날인 오늘. 미국을 비롯해 전 세계에서 영화가 개봉된다.

우민은 해외 반응을 살피기 위해 직접 비행기를 타고 날아왔다. 카타리나의 아버지께 인사를 드린다는 부수적인 이유도 있었다.

"물론."

둘이 대화를 나누는 사이 관객들이 입장하기 시작했다. 한국과 달리 미국은 비지정석에 앉도록 되어 있었다.

중구난방으로 자리를 잡는 관객을 카타리나가 초조한 눈빛으로 바라보았다.

"설마 매진이 안 된 건 아니겠지?"

"그거야 두고 보면 알게 되겠지."

"이렇게 재밌는 영화가 매진이 안 된다는 게 말이 안 되잖아. 중간에 누군가의 농간이 있는 게 분명해."

"하하, 카타리나, 진정해. 왜 이렇게 긴장한 거야."

카타리나가 민망해하며 입을 가렸다.

"호호, 미래의 남편이 성공하느냐, 마느냐가 걸려 있는데 긴장 안 하게 생겼어?"

"뭐어?"

그러고는 마치 기도를 하듯 주문을 외웠다.

"매진되라. 관객들이여, 어서 영화를 보러 들어와라. 수리수리 마수리."

카타리나의 바람 때문일까. 넓어 보이는 극장이 속속 메워지기 시작했다.

콰과과광.

슈우웅.

콰과광.

화려한 그래픽에 적절한 음향이 곁들여지며 관객들의 심장

을 강타했다. 박진감 넘치는 시나리오가 주는 숨 막히는 긴장
감이 극장 안을 지배했다. 손잡이를 잡고 있는 두 손에는 잔
뜩 힘이 들어가 있었다. 사람들은 연신 입술을 달싹거리며 스
크린에서 눈을 떼지 못했다.

영화를 보기 위해 사온 팝콘에는 손도 대지 못하고 있었
다. 마시기 위해 사온 콜라는 얼음이 녹으며 점점 물처럼 변
해갔다. 두 시간의 러닝타임 동안 관객들은 일말의 미동도 없
이 스크린을 주시했다.

카타리나의 반응도 같았다. 영화가 시작하는 순간부터 입
을 다문 채 눈을 떼지 못했다.

'김 감독님이 확실히 감각이 있어.'

김승완이 완성된 편집본을 가지고 찾아와 함께 영화를 감
상했다.

재밌었다.

손석민도 같은 반응. 우민은 김승완이 자신을 찾아와 보였
던 열정, 열정 속에 숨겨져 있던 잠재력이 결코 거짓된 것이
아님을 깨달았다.

영화는 중반부를 지나 후반부를 향해 달려갔다. 여전히 관
객들의 눈은 스크린에 고정되어 있었고, 귀는 화면에 맞춰 흘
러나오는 배경음에 집중되어 있었다.

*　　　　*　　　　*

카타리나는 집으로 돌아가는 내내 입을 멈추지 않았다.

"후아… 이걸 정말 김승완 감독이 만들었단 말이야?"

우민은 여전히 침착하게 고개를 끄덕였다.

"오 마이 갓! 이건 할리우드에 비교해도 전혀 뒤지지 않잖아."

"하하, 이제는 할리우드라는 기준이 옮겨와야 할 거야."

"뭐?"

"할리우드가 우리에게 비교당해야 한다는 말이지."

카타리나가 눈을 감고, 고개를 흔들었다.

저 오만한 자신감.

언제 어떻게 들어도 기가 차곤 했다. 그럼에도 신기한 건 언제나 우민의 말이 사실이 된다는 것이다. 그사이 차는 LA 주변 주택가로 향했다.

드디어 도착한 카타리나의 집.

대충 훑어봐도 100평은 넘어 보였다. 한쪽에 수영장까지 있는 걸 보니 짐작대로 보통 잘사는 집이 아니었다.

'하긴 아버님이 의사시니.'

세계 어디를 가든 소위 '사' 자 직업은 대부분 부유한 삶을 영위한다는 사실을 다시 한번 깨달았다.

차를 주차시키고 문을 열고 들어가니 이미 익숙한 얼굴의 카타리나의 아버지, 앨버트 켈리가 우민을 맞이했다.

"어서 오게. 역시나 자네가 맞구먼."

"오랜만이네요. 정식으로 인사드리겠습니다. 이우민이라고 합니다."

우민이 꾸벅 인사하자 앨버트가 호탕한 웃음을 터뜨렸다. 전 가족이 마중 나와 우민을 호기심 어린 눈빛으로 살펴보고 있었다.

카타리나의 어머니, 오빠들까지 인사를 마치고 다시 앨버트가 천천히 입을 열었다.

"으하하, 역시 이렇게 될 줄 알았지. 우리 딸이 한 번 문 먹잇감은 놓치는 법이 없거든."

우민이 슬쩍 눈을 돌려 카타리나를 보았다. 볼이 발갛게 달아오른 카타리나가 소리쳤다.

"아빠!"

"으하하, 저녁 식사 전이지. 어서 들어가자고. 우리 식구들이 이번에 개봉한 영화에 관해서 궁금한 게 참 많아."

앨버트의 말이 채 끝나기도 전에 카타리나의 오빠로 자신을 소개한 남자가 참지 못하고 물어왔다.

"혹시 사인 부탁해도 될까요?"

오빠는 총 세 명.

이번에는 둘째 오빠가 입을 열었다.

"형, 그런 건 밥 먹고 물어봐야지. '그래도 사랑한다' 너무 재밌게 읽었어요. 영화도 정말 재밌게 봤습니다. 카타리나가 어디서 이런 분을 만난 건지 참… 그저 말괄량이 어린아이인 줄 알았는데."

카타리나가 다시 한번 버럭 소리쳤다.

"오빠!"

마지막으로 카타리나의 엄마가 입을 열었다.

"그러게 말이다. 어디서 이런 참한 청년을 데려왔는지 신기하단 말이야. 결혼이나 할 수 있을까 걱정이었는데… 우리 애랑 결혼까지 생각하고 있는 거 맞죠?"

짓궂은 어머니의 농담에 이번에는 우민의 얼굴도 살짝 달아올랐다. 카타리나는 이번에도 목이 쉬도록 소리쳤다.

"엄마!"

"어휴, 시끄러. 알았다. 어서 들어가자."

왠지 정신없는 하루가 될 것 같은 예감이 강하게 들었다.

\*　　　　　\*　　　　　\*

예상대로 정신없던 식사 시간이 끝나고, 우민은 카타리나의 방을 찾았다. 처음 썼던 글이 서점에 깔릴 때보다, 처음 만든 영화가 개봉할 때보다 더 떨려왔다. 문을 열고 들어가자마자 우민을 가장 먼저 반긴 건 코끝을 간질이는 라벤더 향이었다.

향긋한 그 향을 잠시 눈을 감고 음미했다. 카타리나가 우민의 옆구리를 툭 건드렸다.

"뭐야, 변태야. 왜 눈 감고 코를 킁킁거려."

그렇게 보일 수도 있겠다 생각한 우민이 단단한 두 팔로 카타리나를 감싸 안았다.

"하긴 여기 가까이에 있는데 굳이 방 안의 향기에 취할 필요 없겠지."

우민의 품에 안긴 카타리나가 살짝 고개를 들며 붉은 입술을 달싹거렸다.

"그럼, 오늘은 여기서?"

가까이 다가오는 입술.

여자 친구의 방이라는 공간이 주는 흥분감에 취한 우민이 서서히 눈을 감았다.

벌컥.

순식간에 닫혀 있던 문이 열리고 카타리나의 어머니가 들어오셨다.

"얘들아 이것 좀 마시며… 어머."

"엄마!"

방 안으로 들어온 어머니가 책상 위에 음료수를 놓고는 초롱초롱한 눈빛으로 둘을 바라보았다.

전혀 나갈 생각이 없어 보였다.

"어서 다음 진도 나가지 않고 뭐 하니."

"…어, 엄마아!"

카타리나의 우렁찬 소리에 집 안이 들썩거렸다.


침대에 털썩 누운 우민이 긴 한숨을 내쉬었다.

"휴우……."

밤 12시가 넘어가는 시간.

이제야 카타리나 오빠들의 질문 공세에서 벗어나 게스트 룸에 누울 수 있었다.

"긴 하루였다……."

태어나 처음으로 사귀는 여자 친구. 그리고 그 여자 친구의 가족. 그렇지 않은 척했지만 긴장감이 상당했다.

게스트 룸에 혼자 눕고 나서야, 그런 긴장감들이 해소되며 편안함이 찾아왔다.

"그래도 영화가 인기가 있어 다행이야."

카타리나에게는 아무렇지 않은 척했지만 사실 영화관 안에서 긴장되기는 자신도 마찬가지였다.

사비로 오백억이 넘는 돈이 투자되었다.

크라우드 펀딩을 통해 전 국민에게 호기롭게 공표하기도

했다.

"이 영화는 무조건 성공한다. 그러니 투자하세요."

만약 영화가 실패한다면 전 국민에게 거짓말을 한 것도 모자라, 손해를 보게 만든 대역적이 되는 것이다.

오늘 하루만 봤을 때는 그럴 가능성이 현저히 낮았다.

"이대로라면… CG미디어를 사는 것도 문제가 없겠는데."

생각에 빠져 있는 사이 우민의 핸드폰이 드르륵거리며 빠르게 움직였다.

화면에 뜬 이름을 보니 손석민.

우민이 전화를 받자마자 긴 한숨이 흘러나왔다.

―휴우… 폭탄을 던져놨다는 뜻이 이런 거였냐?

"어때요? 꽤 큰가요?"

―지금 큰 정도가 아니다. 전 사원이 일을 못 할 정도다. 회사에 문의 전화가 빗발치고 있어. 직원들도 정말 인수 합병하는 거냐고 물어보는 통에 아무 일도 못 하고 있어.

"그림이 딱 좋잖아요. 상장하면서 바로 인수 합병. 거대 엔터테인먼트 회사로 발돋움. 동시에 나스닥 상장까지 추진. 주주들의 마음이 어느 쪽으로 움직일지는 뻔한 거 아닐까요."

―적대적 M&A라는 게 그렇게 간단한 게 아니다. 벌써부터

CG미디어 주가가 폭등하고 있어.

우민이 의아스럽다는 듯 답했다.

"'배틀 걸'이 그렇게 폭망하고 있는데도 말입니까?"

배틀 걸.

CG미디어의 야심작.

장완석 감독의 차기작으로 각광받던 작품은 '떨어진 달'과 개봉 시기를 겹치지 않게 하기 위함인지 일주일 앞서 개봉을 결정했다. 예고편에서부터 우려 섞인 시선이 나오더니, 기자들을 상대로 한 시사회에서는 이대로 개봉했다간 망한다는 소리까지 흘러나왔다.

그러나 CG미디어의 전폭적인 지원 아래 영화는 개봉했고, 결과는 참담했다.

CG미디어를 통해 상영관을 거의 점령하다시피 한 채 시작했지만 일주일이 지난 지금 '배틀 걸'을 상영하는 상영관은 점차 줄어들고 있는 추세였다.

―그래, 네 힘이 그 정도다. 네가 회사를 인수하겠다고 하니까 주식이 폭등하고 있어. 물론 적대적 M&A라는 것을 하게 되면 서로 주식을 매입하게 되니까 오르는 측면이 있겠지만… 사람들은 정말 네가 CG미디어를 인수하길 원하는 것 같다.

"누구라도 그걸 원할 겁니다."

―벌써 위임장 꽤 도착했어. 그거 분류하는 데만 해도 어

휴… 말도 마라.

우민이 능글맞게 웃으며 물었다.

"그런데 어째 목소리는 즐거워 보이십니다?"

―하하, 즈, 즐겁기는. 피곤해 죽겠구먼.

"보니까 여기 미국 상황도 좋아요. 영화는 매진이고, 쿠키 영상을 본 사람들의 반응은 나쁠 수가 없으니까요."

―그, 그래. 네가 그렇다면 그런 거겠지. 그러면 외국 투자자들도 우리한테 위임장을 보낸다는 말이지?

"물론입니다. 거기에 지금까지 저희가 모은 지분이 합쳐지면 50%를 넘는 건 일도 아닐 겁니다. 그렇게 되면 회사 경영권까지 저희가 가져오는 거죠."

경영권이라는 말에 손석민의 대답이 떨렸다.

―그, 그래. 그러면… 정말…….

"소위 재벌이 되는 겁니다. 겨우 5%의 지분으로도 CG미디어를 움직이는데 저희가 가진 지분이면… 이제 아저씨도 회장님 소리 듣는 겁니다."

꿀꺽거리며 침을 삼키는 소리가 수화기를 통해 들려왔다.

―회장님…….

"네. 손석민 회장님."

―으하하하하. 그래, 그래.

손석민이 즐거운 듯 웃음을 감추지 못했다.

       ＊       ＊       ＊

&lt;'떨어진 달' 연일 매진 사례. 책 판매량도 더불어 업업!&gt;

&lt;해외에서도 전석 매진 기록. 매출 2억 달러 돌파&gt;

&lt;손익분기점을 넘은 '떨어진 달' 어디까지 갈 것인가&gt;

&lt;제작사 W 출판사. CG미디어 적대적 M&A를 위한 작업 착수. 그 향방은?&gt;

2주 만에 한국으로 돌아온 우민을 기다리고 있는 뉴스였다. 우민을 기다리고 있던 건 뉴스만이 아니었다.

일거수일투족이 어떻게 알려졌는지 수많은 팬들이 우민을 기다리고 있었다. 경호원들의 도움을 받아서 겨우 공항을 빠져나와 대기하고 있던 차에 올라탔다.

펑.

차에 올라타자마자 폭죽이 터졌다. 오색 빛깔의 종이들이 우민의 머리 위로 내려앉았다.

어리둥절해진 우민이 손석민을 향해 물었다.

"지금… 뭐 하시는 거예요?"

"손익분기점 넘은 기념이지. 이제부터 들어오는 관객은 모두 수입으로 잡히는 거다."

"그것보다 위임장은 어떻게 됐어요? 좀 왔어요?"

위임장.

우민이 쿠키 영상을 통해 요청한 것이기도 했다.

CG미디어를 인수하려고 하니 해당 주식을 가지신 분이 있다면 위임장을 보내달라.

우민의 글 솜씨에 화려한 과거 경력이 합쳐지자 위임장은 거의 매일같이 W 출판사에 도착했다.

"지금까지 모은 게 25%. 거기에 법인, 너, 나, 은영 씨, 그리고 저기 카타리나 이름으로 매입한 게 10% 정도 된다."

"35%라… 아직 15%가 부족하네요."

"이런 추세라면 50% 넘는 건 금방이야. 아직 영화를 못 본 사람도 많으니까."

"그사이 CG미디어에서 주주들을 단속할 수도 있잖아요. 주주 명부를 쥐고 있는 건 그쪽이니까요."

우민이 우려를 표하자 오히려 손석민이 걱정하지 말라는 듯 답했다.

"하하, 네 글 솜씨 못 믿어? 누가 쓴 글인데 당연히 사람들이 호응하겠지."

"…이거 제가 한 방 먹었네요."

"한번 갈 때까지 가보자. CG미디어 측에서는 적대적 M&A 라며 여론전을 펼치는 것 같은데 네가 쌓아놓은 이미지가 워낙 탄탄한 덕분인지 오히려 역풍만 맞았어."

"다행이네요."

"아무 의미 없는 것 같던 일들이, 그저 손해라고 생각했던 그 모든 것들이 도움이 되고 있다."

"제가 말씀드렸잖아요. 괜히 기부를 하고, 이유 없이 세금을 수십억씩 낸 게 아닙니다."

"그래, 그래!"

손석민이 기분 좋은 웃음을 감추지 못했다.


2억 달러였던 매출이 10억 달러가 되는 데는 채 이 주일도 걸리지 않았다.

10억 달러.

한국 돈으로 1조가 넘는 돈이었다. 유명 블록버스터 영화들과 비교해도 뒤지지 않을 성적에 사람들은 열광했다.

아시아의 변방에 위치한 나라에서 제작된 영화가 만들어내는 기적에 전 세계인들의 눈이 쏠렸다.

그럴수록 매출은 기하급수적으로 늘어가기만 했다. 어쩌면 한국 최초로 전 세계 박스 오피스 집계 10위권 안에 들 수 있을지도 모른다는 생각에 영화를 몇 번이고 재관람하는 사람들까지 생겼다.

이미 영화는 한국에서 천만 관객을 넘어섰지만 오히려 상영관의 숫자는 더 늘어났다.

12억 달러.

사람들의 관심은 매출의 증가로 나타났다. 자고 일어나면 영화의 매출은 늘어나 있었다.

뉴스에서까지 '떨어진 달'의 흥행을 집중 보도했다. 어쩌면 전 세계 매출 1위를 기록하는 영화가 될지도 모른다는 가능성이 사람들을 흥분시켰다.

전 세계 박스 오피스 10위.

할리우드 영화가 장악하다시피 한 세계 영화계에 일대 파문을 일으켰다.

지금까지 전 세계 영화 매출 1위부터 20위까지 다른 곳에서 제작된 영화는 단 한 편도 존재하지 않았다.

그러나 이제 한 편이 나타났다. 그게 바로 이우민 각본, 김승완 감독의 영화.

한국에서는 영화 다시 보기 운동까지 일어나면서 세계 1등을 향한 질주에 힘을 보탰다. 그만큼 우민을 향한 관심은 뜨거웠고, 인터뷰 요청은 쇄도했다.

한국인들이 사랑하는 언론인 이석희.

우민은 그가 진행하는 8시 뉴스의 문화 초대석에 초청받아 카메라 앞에 앉았다.

"예, 오늘 10월의 마지막 주 문화 초대석에는 세계가 주목하는 작가이시죠. 바로 이우민 작가님께서 나와 계십니다. 작가님, 인사 한 말씀 부탁드립니다."

자리에 앉아 있던 우민이 꾸벅 고개를 숙였다.

"네. 안녕하세요. 이우민입니다."

"하하, 저도 작가님이 쓰신 여러 책을 읽어봤는데요. 이렇게 만나뵙게 되어 영광입니다."

"아닙니다. 오히려 제가 영광이죠."

"가장 먼저 이 얘기를 하지 않을 수가 없겠는데요. 전 세계에서 사랑을 받고 있는 영화 '떨어진 달'의 흥행에 대해 어떻게 생각하시는지 들어볼 수 있을까요?"

"하하, 저도 이렇게까지 흥행할 줄을 몰랐는데 매일 감사하는 하루를 보내고 있습니다."

"어제까지 집계된 매출이 15억 달러, 한화로 계산하면 1조 6천억이 넘는 돈입니다. 전 세계 박스 오피스 순위로는 6위에 랭크되었는데요. 감회가 어떠십니까?"

"여러 스태프들과 김승완 감독님께서 열심히 해주신 덕분이라 생각하고 있습니다. 그리고 우리나라에서 이런 영화가 만들어질 수 있도록 크라우드 펀딩을 통해 힘을 보태주신 국민 여러분들이 있었기에 이런 결과가 만들어질 수 있었다고 생각합니다."

"하하, 몇몇 영화 평론가들 사이에서는 원작이 가지는 문학적 가치를 영화가 훼손하고 있다는 말들이 나오고 있는데요. 원작자로써 이에 대해서는 어떻게 생각하십니까?"

"몇몇 지식층만이 알아볼 수 있는 문학적 가치가 어떤 의미를 가질 수 있을까요. 저는 처음부터 많은 사람들이 향유할 수 있는 문학을 만들어왔습니다. 영화도 이런 저의 생각이 많이 반영되어 있고요."

대화를 나누는 사이 제작진 쪽에서 프롬프터에 몇몇 글자를 새롭게 올렸다.

매출 20.7억 달러 돌파.
세계 3위.

이석희는 프롬프터에 올라와 있는 내용을 그대로 읽어 내려갔다.

"방금 들어온 속보인데요. 영화 '떨어진 달'의 매출이 20.7억 달러를 돌파했습니다. 이는 세계 3위의 기록인데요. 대한민국에서 만들어진 영화가 세계 3위라는 기념비적인 기록을 세웠습니다. 1위와는 이제 불과 6억 달러밖에 남지 않았습니다. 이거… 저도 아이들과 영화관에 한 번 더 가야겠군요."

20억 달러.

2조가 넘는 돈이었다.

*　　　　　*　　　　　*

후우, 후우, 후우.

난장판이 된 술집 안에서 장완석이 거친 숨을 내뱉었다. 엎질러진 빈 병들이 방금 전까지의 상황을 추측하게 만들었다. 시뻘겋게 달아오른 눈에서는 차가운 분노가 쏟아져 나오는 중이었다.

술집 점원들도 함부로 장완석을 말리지 못했다.

소위 말하는 VIP.

세상이 많이 변했다고 하지만 '있는 자'의 행패를 완전하게 막지는 못했다.

벌컥.

문이 열리며 장완웅이 룸 안으로 들어왔다. 앉아 있던 여자들이 서둘러 자리를 피했다. 단둘만이 남은 방 안에 정적이 흘렀다. 씩씩거리던 숨소리가 차츰 잦아들 때쯤 장완웅이 입을 열었다.

"이게 네가 말한 기대하라고 한 모습이냐?"

술에 취한 장완석은 아무런 대답도 하지 않은 채 그저 거친 숨만 내리쉬었다.

"……"

"자칫 잘못하면 CG미디어도 넘어가게 생겼다. 우리 둘 지분에 우호 지분까지 합쳐도 50%가 안 된다."

장완석에게서는 여전히 아무런 답이 없었다.

"처음부터 좋은 관계를 유지할 수도 있었지. 그러기 위해 접촉을 시도하기도 했고. 그러나 네가 반대했다. 두 개의 태양이 같은 하늘 아래 존재할 수 없다며, 싫어했지."

으드득.

장완석이 이를 갈았다. 꽉 깨문 입술에서 선홍빛 피가 비쳤다.

"이게 그 결과다. 자칫 잘못하면 회사까지 넘어가게 생겼어. 네가 야심차게 준비한 '배틀 걸'? 영화 사업 부서에서 그만 틀어야 한다고 아우성이다. 영화를 틀수록 손해가 막심해."

쨍그랑.

장완석이 들고 있던 잔을 던졌다. 반짝이는 유리 조각이 허공에 비산했다.

장완석이 핏발 가득 선 눈으로 장완웅을 바라보았다.

순간 장완웅이 터벅터벅 장완석에게 다가가 발길질을 해댔다.

퍼억!

"뭘 잘했다고 시위야!"

어떤 감정도 느껴지지 않는 냉혹한 모습.

퍼억.

폭력은 한 번으로 그치지 않았다. 장완웅은 멈추지 않고, 장완석의 얼굴, 복부, 다리를 가리지 않고 밟아댔다.

동생이라고 해서 봐주는 게 없었다.

"너 때문에 회사 하나가 날아갈 판이다. 무릎 꿇고 빌어도 마땅찮을 판에 지금 내 앞에서 시위하는 거냐?"

터진 입술에서 흘러나온 피가 앞섶을 적셨다. 짧은 시간에 불과했지만 얼굴에서부터 다리까지 멍들지 않은 곳이 없었다.

"병원 가서 치료하고, 내일 제정신으로 다시 보자. 회사까지 넘겨주게 되면 나도 더 이상 못 참는다. 그러니 무슨 방법이 든 생각해서 오는 게 좋을 거야."

뒤돌아서 나가는 장완웅이 입맛을 다시며 말했다.

"물론 네가 어떤 생각을 해올지 기대하진 않아. 그저 성의를 보이란 말이다. 배다른 동생을 이렇게까지 생각해 주는 형이 어디 있겠냐."

재벌가의 흔한 비화. 배다른 동생.

아버지는 같았지만 어머니는 달랐다. 더욱이 장완석은 그리 똑똑한 머리를 타고나지도 못했다.

치여 사는 삶을 벗어나기 위해 예술 쪽으로 눈을 돌렸지만 그곳에서도 배경이 없으면 성공하기 쉽지 않았다.

퉤.

침에 섞여 있던 죽은피가 탁자를 타고 흘러내렸다.

"…젠장."

술기운은 진작 날아가 버렸다. 왜 일이 이 지경까지 되었을까.

장완석의 머릿속에는 단 한 명의 이름밖에 떠오르지 않았다.

\*           \*           \*

2조라는 숫자는 손석민을 함박웃음 짓게 하기 충분했다. 출근하는 손석민의 입은 눈 밑까지 찢어지려 했다.

W 출판사에서 근무하는 다른 직원들도 별반 다르지 않았다. 피곤해 보였지만 연신 웃음을 감추지 못했다.

그런 직원들 사이에서 단연 이슈가 되는 건 스톡옵션의 액수였다.

마케팅 팀 이 대리가 커피를 한 잔 들고는 같은 부서 박 과장에게 물었다.

"코스닥 상장은 무리 없이 되겠죠?"

"당연하지. 지금 영화로만 매출이 2조를 넘었다. 3조를 넘는

다는 소문이 들리고 있어. 거기다 책 판매 수익이랑 각종 관련 상품들 판매까지 합치면… 도대체 얼마냐. 감도 안 잡힌다."

"과장님은 얼마쯤 예상하세요?"

"뭘?"

"아이 참, 다 아시면서. 공모가 말이에요."

공모가.

최초 주식을 상장하기 위해 시중에 판매하는 금액을 말한다.

"한 오만 원 정도 하지 않을까?"

"그, 그렇게나 비싸게요?"

"야, 우리 회사 올해 매출이 얼마냐. 조 단위가 될 수도 있어."

"그, 그래도 그건 영화 때문에 단발성으로 일어난 거잖아요."

"이우민 작가가 우리 회사 소속으로 있는 한 단발성이 될 수 없지. 이번에 상장을 위해서 회사 평가를 진행했는데 오천억 나왔다. 천만 주가량 발행한다고 치면 주당 오만 원이잖아."

나름 논리가 있었다. 이 대리는 벌어진 입을 다물지 못했다.

"헐, 그러면 회사 처음부터 다니신 분들은… 못해도 수십억씩은 벌겠는데요?"

"그 정도야 문제없겠지. 상장하고 거래 시작하면 두 배인 십만 원까지 보고 있는 사람도 있으니까."

"10만 원이면……."

"그러니까 너도 회사 주식 살 수 있는 기회 있으면 무조건 사둬라. 만약 정말 CG미디어 인수까지 스무스하게 진행되면 어떻게 될지 짐작 가냐?"

꿀꺽.

이 대리가 마른침을 삼켰다.

"나는 얼마나 올라갈지 짐작도 안 돼."

마케팅 팀 박 과장의 대화에서 나온 내용은 대부분이 사실이었다. 같은 이야기가 손석민의 개인 집무실에서도 똑같이 진행되고 있었다.


"이번에 영화 매출로 1조 정도, 회사 상장으로 최대한 당기면 2천억. 거기에 네 책들이 매출로 2천억. 합치면 한 1조 4천억 정도 된다. 거기에서 이미 4천억은 CG미디어 주식 사는 데 쏟아부었어."

"지금까지 확보한 우호 지분이 45%라고요?"

"그래. 저쪽이 가진 지분이 43%. 우리가 확보한 게 45%. 아직까지 입장을 정리하지 않고 있는 국민연금을 빼면 팽팽한 수준이다. 관련 회사인 ㈜CG가 우리 편을 들어줄 일은 없으니까 결국 국민연금의 행보가 키로 작용할 거야."

"나머지 4%를 확보한다고 해도 49%니까 아슬아슬하게 모자라긴 하네요."

손석민의 표정이 순간 심각해졌다.

"여론은 너의 손을 들어주고 있다. 마치 재벌 대 국민의 싸움으로 형세가 만들어지고 있어."

"국민연금으로서는 곤혹스럽겠군요."

"국민이 부은 돈이니까. 그 돈이 만약 재벌의 손을 들어주면… 후폭풍이 엄청나겠지."

"재벌 대 국민의 싸움이라……."

"CG미디어에서는 계속해서 우리의 경영 능력을 걸고넘어지고 있다. 조그만 동네 출판사와 거대 기업은 다르다면서. 국민연금도 마치 그것 때문에 고민하고 있다는 뉘앙스를 풍기고 있어. 과연 인수를 해서 경영을 잘해 나갈지 의문스럽다는 거야."

"…흐음."

"그래서 말인데. 혹시 마진위 회장이 우리 편을 들어줄 수 있을까?"

"우리의 경영 능력을 보증하는 수표 역할을 바라시는 겁니까?"

"그래. 그 사람이야 세계적으로 인정받는 사람 아니냐. 그런 사람이 인정하면… CG 쪽 명분이 약해지는 거지."

"그러면 세계적인 CEO들의 우호 발언이 많으면 많을수록 더 좋겠네요."

"왜, 또 아는 사람 있어?"

"하하, 아는 사람이야 차고 넘치죠. 제가 또 어딜 가든 사람 사귀는 데 일가견이 있잖아요. 일단 잉크 출판사 사장님에서 부터, 일본 미츠에 출판사 사장님, 그리고 넷링크 쪽에서도 우호적인 발언을 해줄 겁니다. 그리고 저희가 동네 출판사 수준은 아니잖아요."

손석민이 살짝 인상을 찡그렸다. 좋았던 기분이 슬금슬금 다운되기 시작했다.

"나도 그런 말까지 들으니 기분이 영 안 좋더라. 일본, 미국에 둔 지사까지 합치면 꽤 규모가 있는데 말이야."

"상장 준비 잘해주세요. 그 전에 책 한 권 더 출판해서 공모가를 올리도록 해볼게요. 그러면 저희 쪽 현금은 늘어나고, 기업을 인수하기 더 쉬워질 테니까요."

손석민이 고개를 주억거렸다.

시가 총액 3조 원대 기업을 인수하려고 하는 중이다.

그런데 어쩐 일인지 숫자의 단위가 그렇게까지 크게 느껴지질 않았다.

영화의 흥행.

불티나게 팔리는 책에서 발생하는 매출.

이런저런 숫자들의 합이 이제 조 단위를 넘나들면서 숫자에 둔감해진 탓이었다.

"한번 끝까지 가보자."

손석민이 주먹을 불끈 쥐며 다시 한번 전의를 다졌다.

＊　　　　＊　　　　＊

〈'떨어진 달' 25억 달러 돌파. 1위와 불과 2억 달러 차이〉

〈1위 27.8억 달러. '떨어진 달' 25.7억 달러. 코앞까지 따라 잡았다?〉

〈영화 다시 보기 열풍. 과도한 애국심인가. 진정성 있는 영화에 대한 애정인가〉

언론에는 온통 우민이 크라우드 펀딩을 받아가며 제작한 영화가 어디까지 갈 것인지에 대한 이야기밖에 없었다. 정치, 경제, 엔터, 모든 분야의 이슈를 영화의 흥행이 빨아들였다.

과연 영화의 흥행이 어디까지 갈 것인가.

과연 27억 달러 이상의 매출을 기록할 수 있을 것인가.

전 세계 박스 오피스 1위를 누르고 세계 1등의 자리를 차지할 수 있을 것인가.

또 하나의 관심사가 바로 W 출판사가 과연 CG미디어를 인수 합병할 수 있는지였다.

W 출판사는 아직 상장도 되지 못한 작은 출판사. 비록 이우

민이라는 걸출한 인재가 있기는 했지만 CG미디어라는 거대 재벌 기업보다는 한참 아래라는 것은 모두가 동의하는 바였다.

그러나 다윗과 골리앗의 싸움에서 대중들의 응원은 약자인 다윗에게 향한다.

평소 재벌에 대한 대중들의 악감정이 더해져, 다윗인 W 출판사를 응원하는 사람들이 줄을 이었다.

급기야는 '30만 명이 물으면 청와대가 답한다'에 국민 청원까지 올리며 자신들이 할 수 있는 일을 총동원하였다.

제목: 국민연금이 보유 중인 의결권 행사에 관한 청원.

내용: 국민들이 쌓은 돈인 국민연금이 왜 국민들의 의견은 따르지 않고, 의결권을 사용하지 않고 있는지 이해가 가질 않습니다. 국민연금의 의결권 사용 기준을 국민들의 투표로 결정해야 하는 것 아닙니까?

제가 지금까지 낸 돈이 허투루 쓰이는 꼴을 더 이상 보지 못하겠습니다. 이럴 거면 국민연금을 차라리 폐지했으면 좋겠습니다.

한 시민이 올린 국민 청원은 우민의 인기에 영화의 흥행이 합쳐져 순식간에 20만 명을 넘어 30만이라는 숫자에 도달했다.

30만 명이 넘었으니 청와대에서 답을 내놓아야 할 문제.

보건복지부 장관, 국민연금 이사장, 그리고 수석 비서관들까지 모여 격론을 펼쳤다.

가장 먼저 입을 뗀 이는 국민연금 이사장이었다.

"현재 의결권 행사 지침에 따르면 국민연금의 의결권은 원칙적으로 기금운용본부의 자체 투자위원회에서 행사하되 '기금운용본부가 찬성 또는 반대하기 곤란한 안건은 전문위원회에 결정을 요청할 수 있다'고 규정되어 있습니다."

그러자 정책실장이 맞받아쳤다.

"그 전문위원이라는 제도 자체가 유명무실한 것 아닙니까. 기금운용본부가 요청한 안건만 심의할 수 있을 뿐 개별 안건에 대해 독자적인 상정 권한조차 갖지 못하고 있으니까요."

"그렇다고 그걸 국민들이 원한다고 해서 현행 규정을 어기면서까지 들어준다는 건 좀 무리가 아닐까 합니다."

국민들의 의견을 그대로 따르기도, 그렇다고 무시할 수도 없었다.

정책실장의 고민이 깊어지자 경제 수석 비서관이 입을 열었다.

"현재 규정상 합병 및 인수의 경우 사안별로 검토하되, 주주 가치의 훼손이 있다고 판단되는 경우 반대한다고 되어 있습니다. 여기서 어려운 점이, 인수 합병이 과연 주주 가치를 훼손시키는 행위인가인데요."

잠시 뜸을 들이던 비서관이 말을 이었다.

"이에 대한 판단을 영화 '떨어진 달'이 과연 세계 1위에 등극할 수 있을지로 결정하는 건 어떻습니까? 1위에 오른다면 충분히 엔터테인먼트 회사로서의 힘을 보여준 것이라 생각합니다. 해외 유명 스튜디오인 마블이나 DC처럼 될 수 있다는 뜻이기도 하고요. 그러면 찬성 쪽에 표를 던지고 1위가 되지 못하면 의결권을 행사하지 않는 겁니다."

"흐음… 간단한 기준이기는 한데 한 회사의 운명을 그렇게 결정해도 될지……."

"국민연금은 곧 국민이 돈의 주인입니다. 쩐주가 저렇게 원하는데 뭐가 문제겠습니까."

경제 수석 비서관의 말에도 한동안 격론이 이어졌다. 그러나 서서히 방향은 정해지는 듯했다.

# 제2장

## 주식회사 W 출판사

　인천국제공항이 시끌벅적했다. 경제 관련 기자들이 몰려들어 있었다. 중국 최고 인터넷 포털을 넘어 세계 최고의 인터넷 회사로 발돋움하고 있는 '하이두'의 회장 마진위. 그가 공식적으로 한국을 찾았다.

　포토 라인 앞에 서자마자 기자들의 질문이 폭풍처럼 쏟아졌다.

　"이번 한국 일정의 이유가 W 출판사와 업무 협약을 맺기 위함이라는 게 사실입니까?"

　"맞습니다. 이우민 작가, 그리고 그가 운영하는 작가 그룹

콘텐츠들의 질이 우수하다고 판단했습니다."

"업무 협약의 범위는 어느 정도로 생각하십니까?"

마진위가 헛기침을 하며 목을 가다듬었다.

"흠… 흠… 자세한 내용까지 말씀드리기는 어렵습니다."

사실 이렇게 거창하게 일을 진행할 필요까지도 없었다. 그저 조용히 한국을 찾아 할 일만 하고 돌아가면 된다. 이렇게 기자회견까지 하며 W 출판사의 이름을 언급하는 건 모두 우민의 부탁 때문이었다.

"회장님께서도 이우민 작가의 가능성을 인정한다고 봐도 되겠습니까?"

"하하, 가능성이라… 이미 최고의 위치에 올라 있는 작가에게 가능성이라는 단어는 어울리지 않는다고 생각합니다. 혹여 여러분들이 모를까 하여 말씀드리는데 이우민 작가가 참여한 영화는 '떨어진 달'이 처음이 아닙니다."

몇몇 기자들이 손을 들며 아는 척을 해왔다.

"무한록을 말씀하시는 겁니까?"

"맞습니다. 그와 관련된 기사가 한국에서 어느 정도 나왔는지 모르겠지만 중국 내에서 인기는 현재 상영 중인 '떨어진 달' 못지않습니다."

또 다른 기자가 손을 들고 물었다.

"혹시 대략적인 매출액도 알 수 있을까요?"

"50억 위안. 팔린 웹소설 매출까지 합치면 한국 돈으로 1조가 넘어갈 겁니다. 1조. 그의 가치가 어느 정도인지 알 수 있는 숫자라 생각합니다."

마진위가 인터뷰를 마치고 공항을 벗어났다. 우민의 부탁이 아니었다면 굳이 이런 '쇼'는 하지 않았을 것이다.

이미 차에서 대기하고 있던 우민이 고마움의 인사를 건넸다.

"감사합니다. 약속드린 대로 차기작은 하이두에서 연재하겠습니다."

차 안으로 들어온 마진위가 딱딱한 표정을 풀며 말했다.

"이번에 회사 하나 인수한다면서?"

"네. 이제는 경쟁사가 될지도 모르겠네요."

"하하, 경쟁사라니 무슨 그런 무서운 말을."

"하하, 농담이에요. 경쟁사라니, 저는 그저 작가 일에 충실할 겁니다."

우민이 손석민을 가리켰다.

"경영은 저 아저씨가 해줄 거예요. 단지 그 회사가 제 일을 자꾸만 방해해서 저도 가만히 있을 수만은 없었어요."

주차된 차는 출발하지 않고 있었다. 그러고 보니 셋이 타기에는 차가 너무 넓었다. 대형 버스를 개조한 차는 족히 10명 정도는 탈 수 있을 것 같았다.

"일 얘기는 가면서 더 자세히 해보자."

"아직 몇 분이 더 오셔야 해요."

"응?"

"막판까지 섭외가 될지 몰라서 말씀을 안 드렸는데… 곧 넷링크 사장님이랑 아론 톰슨 씨도 올 거예요."

마진위의 살짝 굳어졌던 인상이 빠르게 펴졌다.

"그쪽에서도… 널?"

"이미 몇 번 작업했던 인연에 한번 물어봤더니, 흔쾌히 알았다고 하시더라고요."

"네가 제안한 건?"

"회장님과 비슷합니다. 같이 가는 게 회장님께도 나쁘진 않을 거예요. 비즈니스 세계에서 이런 친목 모임은 많잖아요."

"그야… 그렇지."

마진위는 약간 얼떨떨했지만 받아들였다. 우민의 말처럼 자신에게도 결코 손해 보는 조건은 아니었다.

이내 창밖으로 넷링크 사장과 아카데미 각본상까지 수상했던 작가, 아론 톰슨이 모습을 드러냈다.

아론 톰슨이 먼저 축하 말을 건넸다.

"처음 봤을 때부터 이런 날이 올 거라 생각은 했지만… 생각보다 더 빠르구나."

"주위 분들이 잘 도와주신 덕분이에요."

"하하, 어울리지 않게 겸손은. 어떠냐, 1위 한 소감이."

우민이 입가에 미소를 머금었다.

"아직 얼떨떨합니다."

"앞으로 할리우드에서 러브 콜이 엄청날 거다."

"그거야 뭐, 예전에도 많았으니 새롭지는 않아요."

아론 톰슨도 웃음을 참지 못했다.

"흐흐, 하긴 그렇구나."

둘의 대화에 옆에 앉아 있던 넷링크의 사장이 참지 못하고 끼어들었다.

"작가님, 만나뵙게 되서 영광입니다."

"아차, 이거 내가 오랜만에 만난 동료에게 정신이 팔려 소개를 못했군. 여기 이분이 넷링크 사장 조지 기어."

우민이 조지 기어의 손을 맞잡았다.

"반갑습니다. 이우민입니다."

"떨어진 달 광팬입니다. 정말 재밌게 봤습니다. 30억 달러 달성 축하드립니다."

흥분한 사장의 태도에 우민이 어색하게 웃었다.

"하, 하하. 네."

"정말 만나고 싶었는데 이렇게 일까지 함께하게 되다니. 어젯밤에는 잠도 제대로 못 잤습니다."

우민이 난감한 표정으로 아론 톰슨을 바라보았다.

"하하, 드라마 작업할 때는 한 번도 만나지 못했었지?"

우민이 고개를 끄덕였다.

"원래 이런 분이셨네."

아론 톰슨의 말에 대답이라도 하듯 조지 기어가 빠르게 말을 이었다.

"저희는 드라마, 영화 어느 것이든 괜찮습니다. 작가님이 주시는 각본이라면 뭐든지 히트 칠 테니까요. 그나저나 끝나고 사인은 해주시는 거죠?"

우민이 다시 한번 고개를 끄덕였다.

*　　　　*　　　　*

5m가 넘어가는 기다란 책상의 양옆으로 잔뜩 굳은 표정의 중년 남성들이 줄줄이 앉아 있었다.

그 책상의 가운데 장완웅이 마이크의 버튼을 누르며 말을 시작했다.

"결국 30억 달러가 넘었습니다. 이우민 작가의 '떨어진 달'이 세계 1위를 차지했습니다. 사람들은 W 출판사가 우리 CG미디어를 인수해야 한다고 말을 합니다. 그런데도 우리는 상영관에서 이우민 작가의 영화를 틀어주며 돈을 벌게 해주고 있습니다."

담담한 말투에는 정제된 분노가 담겨 있었다. 송곳처럼 가슴을 찌르는 말에 이사회의 임원들은 입을 닫고 있는 일 말고는 할 수 있는 일이 없었다.

"자, 그럼 경영권 방어를 위해 이제 어떻게 해야 할까요? 참고로 국민연금도 저희들에게서 등을 돌렸고, 경영권이 넘어가는 순간 여러분들의 자리는 어떻게 될지 모릅니다."

묵묵부답.

이미 법률 자문을 통해 황금 낙하산, 자기주식 취득, 시차임기제 등등의 경영권 방어 수단에 대한 검토는 끝이 났다.

결론은 불가.

저들이 가지고 있는 57%의 지분이라면 시간문제일 뿐이라는 게 중론이었다.

한 임원이 용감하게 손을 들었다.

"차라리 저쪽이 가진 주식을 매수하는 건 어떨까요? 돈을 노리고 하는 수작일 수도 있지 않겠습니까."

"이미 물어봤습니다. 현재 주가의 5배를 원하더군요."

현 주가가 9만 원.

다섯 배면 45만 원에 달하는 액수다. 거절하겠다는 뜻을 표현한 것이나 다름없었다.

"크흠……."

또 다른 임원이 입을 열었다.

"정치권에 줄을 대서… 국민연금이 최소한 중립을 표할 수만 있게 해도 이 사태는 조용히 마무리될 것 같은데……."

장완웅이 눈을 감았다. 돈을 돌렸던 정치인들에게 연락해 정부를 압박해 달라고 부탁했다. 그러나 효과는 미미했다. 새롭게 뽑힌 대통령의 인기는 하늘을 찌르고 있었고, 여당은 과반수가 넘는 국민들의 지지를 받고 있었다.

자신이 돈을 돌렸던 야당 의원들은 지지율 20%가 채 되지 않았고, 여당 의원들은 매서운 칼바람에 한껏 몸을 사리는 중이었다.

하나같이 나오는 말들이 이미 실패한 방법들이라 시간이 지날수록 장완웅의 답답함은 커져만 갔다.

커져가는 답답함이 분노가 되어 쏟아져 나왔다.

"방법이 없으면, 전부 옷 벗을 수밖에요."

최후통첩까지 날려보았지만 여전히 변변찮은 해결책밖에는 들려오지 않았다.

'어떻게 이런 말도 안 되는 일이… 생길 수 있단 말인가.'

언제 어디서부터 잘못된 것일까. 아무리 생각해 봐도 도무지 감이 오질 않았다.

한 개인과의 관계가 틀어졌다고 해서 회사가 넘어간다는 생각을 누가 할 수 있을까.

'도대체 왜, 왜, 왜!'

분노를 쏟아냈지만 달라지는 건 없었다.

CG미디어.

㈜CG 그룹의 계열사 중 하나로, 국내 미디어 산업의 절대 강자 위치에 있는 회사였다.

앞으로 회사를 더욱 크게 키워 방송 부문에서는 넷링크에 버금가도록, 영화 부문에서는 소니 픽처스 같은 회사로 만들 로드 맵까지 그리고 있었다. 그런데 이 사달이 났다.

항상 빼앗는 삶을 살아와서일까. 빼앗기는 건 죽기보다 싫었다.

그러나 이제 시간이 얼마 남지 않았다.


\*            \*            \*


최종 스코어 35억 달러.

무려 3조 8억에 달하는 돈이었다. 이천만 원에 달하는 자동차를 십구만 대 팔아야 하고, 백만 원에 달하는 핸드폰을 4백만 대 가까이 팔아야 만들 수 있는 매출이었다.

우민이 만든 영화가 벌어들인 돈을 사람들은 제대로 상상조차 하지 못했다.

그리고 그 액수는 오로지 영화에서만 발생한 수익을 집계한 것에 불과했다.

책을 찍어내는 속도가 팔리는 속도를 따라잡지 못할 만큼 팔렸고, 관련 캐릭터 판매 수익까지 합치면 40억 달러는 넘어간다는 게 증권사 애널리스트들의 분석이었다.

경이적인 숫자 때문일까.

W 출판사의 상장이 결정되고, 공모가는 10만 원, 코스닥 시장에 올라간 순간 상한가인 30%가 올라 13만 원이라는 가격대를 형성했다. 천만 주를 발행했으니 시가 총액 1조 3천억 대의 초대형 기업이 탄생한 것이다.

손석민의 입이 귀까지 걸렸다.

"이 정도면 CG미디어는 굳이 힘들게 인수 안 해도 되는 거 아니냐? 대표이사 해임을 위해서 주주총회 소집하려면 소송을 진행해야 하는데, 소송비용도 만만치 않다."

"그래도 인수해야 합니다. W 출판사는 아직 불완전해요."

"하기야… 매출의 대부분이 너로 인해 발생하고 있으니……."

"제가 운영하고 있는 작가 그룹분들도 이제는 한 사람 이상의 몫을 충분히 하고 있지만 많이 부족합니다. CG미디어가 가지고 있는 인프라가 필요해요."

"알겠다. 일은 끝까지 진행하도록 하마. 하하, 골치 아픈 일 이야기는 그만하고 오늘은 축배나 들자꾸나. 상장하자마자 상한가라니, 증권가에서는 30만 원을 보는 사람도 있어."

"앞으로 100만 원, 200만 원을 넘어가도록 만들어봐야죠."

"뭐, 이 녀석아?"

100만 원이면 시가총액이 10조다. 물론 우민의 작품이 가진 가치가 어마어마하다지만 숫자가 선뜻 다가오질 않았다.

"넷링크의 시가총액이 91조입니다. 제가 가진 콘텐츠들의 가치가 그보다 밑이라고는 생각하지 않아요."

91조라는 말에 손석민은 아예 입을 다물어 버렸다.

"CG미디어가 가진 인프라를 이용해 콘텐츠들을 빠르게 풀어내면 단기간에 수직 성장할 수 있습니다. 그래서 작가 그룹이라는 이름으로 사람들을 모아 글을 가르쳤고, 이우민 거리를 조성해 예술가들이 꿈을 꿀 수 있는 환경을 만들어준 겁니다. 그 모든 것들이 시너지 효과를 내기 위해서는 꼭 필요한 과정이에요."

우민의 자세한 설명에 손석민은 묵묵히 고개를 끄덕였다. 우민이 가진 비전, 자신감은 언제나 들어도 손석민으로 하여금 가슴을 벅차게 만들었다.

\*　　　　\*　　　　\*

우민은 오랜만에 집 안 거실에 앉았다. 통유리로 된 거실의 창문으로 도도히 흐르는 한강이 눈에 들어왔다.

흔들의자 옆에 자리한 탁자 위에서는 갓 우려낸 보이차의 증기가 피어오르는 중이었다.

후릅.

한 입 머금으니 속이 편안해지며 조금이나마 숙취가 달아나는 것 같았다.

"어제는 너무 많이 마셨어."

정신을 잃을 정도로 술을 마신 건 어제가 처음이었다. 상장 첫날, W 출판사는 상한가를 쳤고, 대부분의 증권가 관계자들은 회사에 관한 장밋빛 전망을 쏟아냈다.

수많은 사람들이 축하 인사를 건넸다. 자신의 삶에서도 한 획을 그은 날이었기에 지인들과 함께 파티를 열었다.

파티에 술이 빠질 수는 없는 노릇.

마시고 또 마시다 보니 어떻게 집으로 들어왔는지 기억조차 잘 나질 않았다.

우민이 약간의 두통을 느끼며 핸드폰으로 주식 시황을 확인했다.

"오늘도 상한가구나."

시초가 169,000원으로 시작했다. 매수 매물은 많이 쌓여 있었지만 매도 매물이 부족했다. 주식 시장의 주가도 결국 수요와 공급에 의해 결정되는 법이다. 수요는 많고 공급이 없으니 주가는 계속 오를 수밖에 없었다.

"이대로 30만 원까지 간다면 3조. 돈은 충분해."

이미 시중에 나와 있는 CG미디어 물량은 싹쓸이했다. 더이상은 사고 싶어도 살 수가 없다.

장완웅이 끝까지 발악하겠지만 57%에 달하는 지지를 받고 있는 자신을 이길 수는 없을 것이다. 그렇게 멍하니 흐르는 강물을 보고 있자니, 문득 어려웠던 과거가 스쳐 지나갔다.

가난했던 어린 시절이 마치 꿈처럼 멀게만 느껴졌다. 어머니 생일 선물을 사기 위해 한 달 동안 겨우 돈을 모아 5만 원짜리 운동화를 사 드렸다.

지금은 글을 썼다 하면 수백억. 이제는 수조 원대 기업을 사려 하고 있다. 언제부터인지 기억은 잘 나지 않지만 가격표를 보지 않게 되었다. 물건, 음식, 부동산, 이제는 상장된 회사까지.

생각에 빠져 있는 우민의 머리 위로 빨간색 머리카락이 스르륵 흘러내렸다.

"아침부터 뭘 그렇게 열심히 생각하시나."

쪽.

우민의 볼에 입을 맞춘 카타리나가 잠옷을 입고 나타났다. 정신을 차릴 수 없게 만드는 카타리나의 모습에 우민의 감상도 순식간에 깨졌다.

"뭐, 이런저런."

"이런저런에 나도 들어가 있겠지?"

우민이 입꼬리를 슬며시 올리며 미소 지었다.

"하하, 물론이지. 네 생각이 절반 이상이야."

"뻥치시네. 책, 회사, 어머님, 내 생각은 아마 그다음쯤?"

이럴 때 어떻게 해야 하는지 우민은 경험으로 알고 있었다.

"아침에 보니 더 예뻐 보이네."

말을 하며 자리에서 일어나 가벼운 입맞춤을 시도했다. 카타리나도 싫어하는 눈치가 아니었다.

"흥, 이 정도로 내가 만족할 줄 알고!"

"하하, 알지. 타냐가 뭘 원하는지 내가 아주 잘 알고 있지."

완전히 자리에서 일어난 우민이 카타리나를 들어 안았다.

"어젯밤에 끝내지 못한 걸 이어서 해볼까?"

아침부터 우민의 안방이 뜨거운 열기로 가득 차올랐다.

\*           \*           \*

우민은 작가이자, 스타, 나아가 트렌드가 되어 있었다. 그 말은 곧 자전거를 타고 작가 그룹 사무실로 갈 수 없다는 뜻이다. 이미 언론을 통해 자세히 알려진 잘생긴 얼굴 덕분에 대중들에게 노출되는 순간 사인 공세에 시달렸다.

우민은 대기하고 있던 차를 타고 W 출판사가 새롭게 둥지를 튼 신사역 대로변으로 향했다.

14층짜리 빌딩. 천억 원이 넘는 가격이었지만 W 출판사의 자금력이라면 일도 아니었다. 빌딩 안으로 들어서면서부터 감탄사를 멈출 수가 없었다.

"오오, 이 아저씨 돈 많이 썼네."

천장에 달려 있는 조명 빛이 대리석 바닥에 부딪쳐 반짝거렸다. 지하 주차장에서부터 지급된 출입증이 없다면 출입 자체가 불가능했다.

그건 엘리베이터도 마찬가지였다. 층수를 찍기 위해서는 출입증이 필요했다.

출입증을 찍고 최고층인 14층을 눌렀다. W 출판사가 임대하고 있는 건 10층에서부터 14층까지 5개 층.

가장 꼭대기인 14층에 손석민의 자리가 있었다.

14층에 도착하자 수십 명의 사람들이 각자의 자리에서 열심히 일하고 있는 모습이 보였다. 손석민의 자리를 찾아보니, 가장 구석진 곳 창가였다.

유리로 되어 있어 무얼 하고 있는지 한눈에 들어왔다.

'열일 하고 계시네.'

때로는 굳은 표정으로 전화를 받았다가, 또 자리에 앉아 번개 같은 손놀림으로 타자를 두드렸다.

우민이 슬며시 문을 열고 들어가자 그제야 모니터에 박혀 있던 고개를 들었다.

"왔구나."

안으로 들어간 우민이 창가 가까이 다가갔다. 높은 층수 덕분에 한강까지 조망권에 들어왔다. 집 안 거실에서 보던 것과는 또 다른 느낌이었다.

"사무실이 좋네요. 전망은 더 좋고."

"그렇지? 나중에 꼭 이런 곳에 사무실을 내보고 싶었다. 이제야 소원을 이룬 느낌이야."

"이 정도에서 만족하시면 곤란한데… 재벌 총수 소리도 한번 들어보셔야죠."

"하하, 이미 사람들이 이러다 정말 재벌 되는 거 아니냐고 아주 난리다, 난리야."

"그래서 법원에서는 연락이 왔어요?"

손석민이 서랍에서 법원의 명령장을 꺼내 들어 우민의 눈앞에서 흔들어 보였다.

"드디어 도착했다. 임시 주주총회를 소집하라는 명령이 떨어진 거지, 변호사들도 생각보다 빨리 나왔다고 하더라. 정부에서도 널 도와주고 싶은 모양이야."

"법원이 정부 말을 들을 곳인가요. 법관의 양심에 따라 판결을 내리는 곳인데."

"하하, 정말 그렇게만 되면 얼마나 좋겠냐."

"어찌 되었든 이제 주주총회만 하면 끝이네요."

"어서 인수를 끝내고 이제 좀 조용히 사업했으면 좋겠다. 이거 원 매일 살얼음판을 걷는 기분이니."

우민이 의미심장한 미소를 지어 보이며 말했다.

"하하, 그렇다고 해도 조용해질 날은 없을 겁니다. 제가 생각하고 있는 게 아직 많아서요."

손석민이 아주 작게 한숨을 내쉬었다. 일이 없을 때는 없어서 문제더니 이제는 일이 너무 많아서 문제였다.

"지금도… 일 넘쳐난다."

"보니까 사람도 많이 뽑으셨던데, 엄살 부리시는 거 아닙니까?"

"휴우, 엄살이라니."

"아니, 항상 너무 일을 잘해주셔서 말씀드리는 겁니다. 법원 명령장에 확보한 지분이 58%. 너무 완벽하잖아요."

"이 녀석이 또 어른을 들었다 놨다."

"이제 정말 얼마 안 남았습니다."

손석민은 고개를 끄덕이는 걸로 대답을 대신했다.

\*　　　　　\*　　　　　\*

콰앙!

장완웅이 분노를 참지 못하고, 들고 있던 전화기를 던져 버렸다.

"이 개자식이 거둬주고 먹여줬더니!"

책상 위에는 CG미디어의 지분 현황이 올라와 있었다. 거기에 있어야 할 이름이 보이질 않았다.

장완석 1%.

그 이름이 사라져 있었다.

"검은 머리 짐승은 믿는 게 아니라고 수도 없이 들었는데 그놈의 피붙이가 뭐라고!"

현 시세에 프리미엄을 더해 W 출판사 쪽에 주식을 넘긴 걸로 파악된다는 코멘트가 아래쪽에 붙어 있었다.

"후우, 후우."

길게 숨을 내쉬며 진정해 보려 했지만 쉽지 않았다.

삐이.

스피커폰 알림이 들리고 비서가 말했다.

—회장님 동생분 오셨습니다.

이내 문이 열리고 장완석이 걸어 들어왔다. 환하게 웃고 있는 모습을 보니 찢어 죽이고 싶은 심정이었다.

"네가 무슨 일을 저질렀는지는 알고 있는 거냐?"

"난 항상 알고 있었어. 내가 가진 위치, 내가 가진 힘. 내가 할 수 있는 일, 그리고 없는 일."

"이 미친놈이!"

"이우민 그 새끼가 난 놈이긴 난 놈이더라. 욕하면서도 그놈이 쓴 책이 궁금해서 사보게 되더라니까. 한번 보게 되면 거기에 빠져서 그 생각밖에 안 나."

잔뜩 흥분한 장완웅이 으스러져라 이를 악물었다. 힘이 들어간 주먹은 핏줄이 투둑거리며 올라와 있었다.

"헛소리는 집어치우고 왜 온 거냐. 내가 널 가만둘 것 같아?"

"내가 왜 영화를 시작했을까? 아하! 형은 생각해 본 적 없으려나?"

"어디서 형이란 소리를 입에 담는 거냐!"

장완웅의 호통에도 장완석의 표정은 일말의 변화도 보이지 않았다. 오히려 약간의 비웃음이 흘러나왔다.

"큭, 그런가. 하긴 이제 형도 뭣도 아니지. 내 얘기를 좀 더 하자면 영화를 시작한 건 개 같은 현실을 좀 잊어버리고 싶어서야. 집안에서 사람 취급 받질 못했으니 당연한 거지. 형도 이해하지?"

장완석이 입맛이 쓴지 살짝 입을 다셨다. 장완웅이 뭐라 호통을 치기 전에 장완석이 말을 이었다.

"아직 모르고 있는 것 같아서 알려주는 건데 내가 가지고 있던 CG 지주회사 주식도 다 팔았어. 속이 시원하더라. 나도 이제 이 지긋지긋한 곳에서 잘해야 된다는 스트레스 안 받으면서 작업해 보려고."

"이, 이 미친 새끼가!"

장완웅의 혈압이 올라갈수록 장완석의 미소는 짙어졌다. 한마디로 깨소금이었다.

"곧 주총이 열린다지. 한번 잘해봐. 이기기 쉽진 않겠지만, 영화 같은 반전이 일어날지도 모를 일이니까."

말을 마친 장완석이 몸을 돌려 나갔다. 등 뒤로 장완웅의 악에 받친 고함 소리가 들렸다. 그럴수록 장완석의 미소는 짙어져 갔다.

\*              \*              \*

주주총회 당일.

시위라도 하듯 주총은 별다른 준비도 없었고, 제대로 된 안내장조차 돌리지 않았다. 총회장으로 들어서던 우민이 중얼거렸다.

"분위기가 너무 삭막하네요."

"우릴 환영하는 입장은 아닐 테니까."

손석민의 표정은 잔뜩 굳어 있었다. 긴장한 기색이 역력했다. 우민, 그리고 손석민 뒤로는 몇 명의 변호사가 서류 가방을 들고 서 있었다.

우민이 긴장을 풀어주기 위해 손석민의 허리에 살짝 손을 얹었다.

"뭘 그렇게 긴장하세요. 여기 든든한 변호사분들도 계신데, 어차피 저희 의견이 관철되지 않는다고 해도 손해 보는 건 없잖아요. 주식은 그대로 남아 있고, 시세가 올랐을 때 팔아도 되고. 아니면 다음 기회를 노려도 되고요."

후읍.

손석민이 길게 숨을 들이마셨다. 이내 들고 있던 생수를 벌컥거리며 단번에 들이부었다.

"지금 나는 숨도 제대로 쉬기 힘들 정도다. CG미디어라니… 이런 재벌 기업을 인수한다는 게 아직도 믿기지 않을 정도야."

"이길 수밖에 없는 싸움입니다. 이미 법률적 검토가 끝났어요."

지금까지 모은 주식이 총 58%였다. 대표이사를 해임하기 위해서는 특별 결의가 필요했고, 이는 출석한 주주의 의결권의 3분의 2 이상의 수와 발행주식 총수의 3분의 1 이상이 필요했다.

58이라는 수치는 3분의 2가 되지 않으므로 해임을 할 수 없을 것 같지만 아니었다.

모회사가 가진 38%에서 의결권이 인정되는 건 10분의 1에 불과했다.

즉 우민이 이길 수밖에 없다는 말이었다.

"그렇긴 하지만… 세상일이라는 게 항상 마음처럼 되지는 않다 보니……."

"하하, 그건 절 만나기 전까지 있었던 일이고요. 저와 함께하고 나서부터 그랬던 적 있어요?"

손석민이 입을 꾹 다물고, 눈을 굴리며 곰곰이 생각해 보았다.

"그랬던 적이… 없구나."

"이번에도 마찬가지가 될 겁니다."

"그래… 이번에도 역시나, 변함없이?"

"이제 슬슬 시간도 됐는데 들어가 보죠. 저들이 무엇을 준비했는지 궁금하기도 하고요."

"하하, 그래. 한번 가보자."

어느새 굳어져 있던 손석민의 표정은 풀리고, 긴장으로 잔뜩 굳어져 있던 어깨의 힘도 풀어져 있었다.

\*              \*              \*

주주총회.

주주들이 모여서 회사의 미래를 결정하는 자리였다. 더구나 오늘 올라와 있는 안건은 대표이사 해임 건의안.

CG미디어의 관계자에서부터 회사의 이사진까지 잔뜩 굳은 얼굴로 총회 자리에 앉아 있었다.

차례대로 식순이 진행될수록 손석민의 주먹은 땀으로 축축하게 젖어갔다.

자신들이 이길 수밖에 없다는 사실을 알고 있음에도 불구하고 괜한 불안감이 밀려들었다.

'별일 없겠지. 이미 법률 검토까지 마쳤으니까.'

자신들이 가진 지분율이면 특별 결의를 통해 현 대표이사를 해임하고 새로운 대표이사를 선임, 회사를 인수하는 작업을 차질 없이 마칠 수 있다는 결과가 나왔다.

비록 저들이 가진 지분이 꽤나 많지만 '회사, 모회사 및 자회사 또는 자회사가 다른 회사의 발행주식 총수의 10분의 1을 초과하는 주식을 가지고 있는 경우 그 다른 회사가 가지고 있는 회사 또는 모회사의 주식은 의결권이 없다'라는 조항에 의해, ㈜CG가 가진 주식은 의결권이 없다. 상호 출자를 통해 지배권을 유지하는 것을 막기 위한 법이었다.

'이대로 조용히만 끝나라.'

다른 주주들, 그리고 여론 또한 자신들의 편이다. 이렇게까지 잘 진행되어도 될까 싶을 정도로 자신들의 일을 방해하는 세력이나 인물은 존재하지 않았다.

오로지 한 명.

현 대표이사이자 한편에 앉아 자신을 죽일 듯이 노려보고 있는 한 명을 제외하면 아무도 없었다.


자리에 앉아 있던 장완웅이 슬쩍 시계를 보았다.

'어디서 도둑놈처럼 남의 회사를 날로 먹으려고.'

생각할수록 화가 치밀어 올라 손발이 부들부들 떨렸다. 차례대로 진행된 식순은 이미 특별 결의 안건으로 넘어와 있었다. 이대로 결의가 마무리되면 돌이킬 수 없게 된다.

'그렇게 쉽게는 안 될 거다.'

장완웅이 두 눈을 슬며시 감았다. 도저히 두 눈 뜨고 볼 자신이 없었다. 차오르는 분노로 머리가 돌아버릴 지경이었다. 여기까지 왔다는 사실만으로도 치욕스러웠다. 모욕감에 매일 밤 잠조차 제대로 자지 못했다.

'내가 어떻게 일군 회산데.'

아버지로부터 물려받아 열심히 회사를 키웠다. 다른 재벌 3세들은 술 먹고, 약을 빨며 여자에 미쳐 있을 때 자신은 일에 미쳐 있었다.

이미 세계적인 미디어 그룹으로 크기 위한 비전에 구체적인 계획까지 준비되어 있었다.

'장완석 이 새끼가 병신 짓만 하지 않았어도.'

그랬다면 일은 착착 진행되었을 것이다. 평타를 치는 영화 정도만 만들었어도, CG미디어의 힘을 이용해 천만 감독으로 만들고 영화는 해외로 진출했을 것이다.

그러나 그 모든 것들이 어그러졌다.

'더구나 주식을 저딴 새끼들에게 넘기다니 이 새끼가 완전히 미친 거지.'

장완석의 이해할 수 없는 행동을 생각하자 다시 분노가 치밀어 올랐다.

다행히 약속한 시간이 다 되어가고 있었다.

'후우… 3, 2, 1.'

긴 숨을 내쉬며, 마음속으로 숫자를 외쳤다. 1이라는 숫자를 말하고 나자 문이 열리며 빨간색 머리띠를 한 일련의 무리가 모습을 드러냈다.

"인수 반대! 합병 반대!"

"고용 불안! 초래 말고!"

"물러가라! 물러가라!"

나타난 근 백여 명에 이르는 사람들은 피켓을 들고 총회장을 점령하다시피 했다.

"노조의 생존권을 보장하라!"

"보장하라! 보장하라!"

문을 열고 나타난 사람이 구호를 외치자 다른 이들이 앵무

새처럼 따라 말했다. 준비된 시나리오라는 느낌이 강하게 풍겼다.

손석민이 막연하게 느끼던 불안감이 현실로 나타났다.

'젠장, 이럴 줄 알았다니까.'

슬쩍 장완웅 쪽을 살펴보니 아무런 행동도 하지 않고 잠잠했다. 미리 연락이 닿아 있었는지 보안 요원들도 노조원들의 난입을 막지 않았다.

사전에 전부 기획되어 있었다는 뜻.

손석민이 자리에서 일어나 노조원들의 대장 역할을 하는 것으로 보이는 자에게 소리쳤다.

"고용은 100% 승계될 겁니다. 불안해하실 필요 없습니다."

손석민의 설명에도 난입한 사람들은 큰 소리를 지르며 듣지 않았다.

가장 먼저 난입했던 사람이 마주 소리쳤다.

"그걸 어떻게 믿습니까! 그리고 수많은 사람이 해직당하는 사례가 수두룩합니다!"

"오히려 저희 W 출판사에 준하는 복지 혜택을 드릴 겁니다. 가장 먼저 주 35시간 근무제를 시행할 것이며, 회사의 이익을 투명하게 공개하여 순이익의 대부분은 직원 여러분들의 인센티브 지급에 투입할 겁니다."

계속되는 설명에도 사람들은 막무가내였다. 그러자 손석민이 마치 준비라도 한 것처럼 함께 있던 변호사들에게 말했다.

"준비해 온 계약서 꺼내주세요."

한 변호사의 서류 가방에서 종이 한 장이 빠져나왔다. 손석민이 계약서를 들고 노조원들에게 흔들어 보였다.

"여기 그걸 보장하는 계약서입니다. 혹시나 하여 준비해 왔습니다."

몇몇 노조원들이 관심을 보이며 계약서를 보기 위해 몸을 움직였다. 노조원장은 빠르게 장완웅의 눈치를 살폈다. 잔뜩 굳어져 있는 표정에서는 스멀스멀 살기가 피어오르는 것 같았다.

"그런 종이 쪼가리 따위를 믿으라니, 우리를 바보로 아는 겁니까!"

오로지 반대를 위한 반대. 불안한 마음과는 반대로 손석민은 오히려 여유롭게 웃으며 말했다.

"그러면 이걸 보시면 되겠군요."

닫혀 있던 문이 열리고, 검은색 양복을 입은 사람들이 상자를 들고서 주주총회 장 안으로 들어왔다. 상자는 한두 개가 아니었다.

손석민이 다가가 박스를 열자 그 안에는 5만 원권 100매 묶음이 가득 차 있었다.

"여기 총 90억가량을 현금으로 가져왔습니다. 이게 무슨 돈이냐, 궁금하실 겁니다."

손석민이 상자에서 5만 원짜리 묶음을 하나 꺼내 흔들어 보였다. 갑작스러운 상황에 총회 자리의 누구도 입을 열지 못했다. 노조원장도 당황한 기색이 역력했다. 장완웅도 감고 있던 눈을 뜨고 손석민이 하는 행동을 지켜보았다.

"오늘 제가 결의를 통해 대표이사가 되었을 때 가장 먼저 시행하려고 한 것이 바로 인센티브 지급이었습니다. 통장으로 들어왔다가 통장으로 빠져나가는 허무함 대신, 이렇게 현찰로 드리려고 따로 준비한 겁니다."

꿀꺽.

노조원들 여기저기서 탐욕의 눈빛이 드리워졌다.

"1,700여 명의 직원 여러분들께 각 500만 원씩, 결의가 끝나는 순간 당장 지급될 겁니다."

노조원장은 이제 어찌할 바를 모르고 장완웅을 바라보았다. 자신이 이번 일을 주도하며 약속받은 것보다 큰 보상이었다.

그러나 이 자리에서 장완웅을 배신했을 때 돌아올 보복이 두려웠다.

"오늘 일로 그 누구도 피해를 보지 않을 겁니다. 새 출발을 하는 데 과거는 필요치 않으니까요. CG미디어는 글로벌 스탠더드에 맞춘 완전히 새로운 회사로 태어날 겁니다."

계속되는 설명에 한두 명씩 들고 있던 피켓을 내렸다. 야근에 찌든 삶, 성과 위주의 경쟁에 몇몇은 극단적인 선택으로 내몰리기까지 했다.

사람들의 시선이 손석민을 거쳐 우민이 있는 쪽을 훑었다. 지금 전 세계에서 가장 핫한 작가.

그가 지금껏 걸어온 행보로 보았을 때 분명 CG미디어라는 회사도 바뀔 것이다.

그런 확신이 들었다.

그러나 노조원장의 선택은 달랐다.

"노조원들의 권익은 그런 식으로 살 수 있는 게 아니다! 악덕 기업 W 출판사는 물러가라!"

하지만 외로운 외침에 불과했다. 이제 노조원장의 말을 따라 하는 이는 단 한 명도 존재하지 않았다.

으드득.

장완웅이 이를 꽉 깨물었다. 입안에서 비릿한 피 향이 느껴졌다.

'저런 머저리 같은 놈들.'

노조원들이 조용해지자, 눈치만 살피던 사회자를 향해 손석민이 소리쳤다.

"사회자님, 이제 다시 의사 진행을 해도 될 것 같지 않습니까? 이 박스는 전 직원분들을 위한 것입니다. 물론 사회자 님

것도 준비되어 있습니다."

사회자가 얼떨결에 대답하고 말았다.

"네, 네."

찌릿.

장완웅이 노려보았지만 이미 끈 떨어진 연 신세였다. 노조의 방해까지 차단당하자 그다음부터는 일사천리로 결의가 진행되었다.

*      *      *

손석민이 연신 고개를 숙이며 돈 뭉치를 내밀었다.

"감사합니다. 수고하세요."

"여기 가져가시면 됩니다."

대표이사로 선임되고, 명부에 등기가 되는 법적 처리 절차가 끝난 후 손석민이 가장 먼저 하고 있는 일은 바로 돈 뭉치를 직원들에게 나눠주는 것이었다.

5만 원권 돈 뭉치를 받아 든 직원들은 더할 나위 없이 즐거워 보였다.

"이우민 작가 사인이 필요하신 분은 이쪽으로 오시면 됩니다."

보너스로 사인회까지 열렸다. 대부분의 직원들이 돈 뭉치를 받아 들고 우민이 있는 곳으로 가서 줄을 섰다.

CG미디어 본관 1층은 그야말로 인산인해를 이루었다. 그나마 부서별로 별도의 시간을 마련해 돈을 나눠주었기에 망정이지 그렇지 않았다면 일대 혼란으로 업무가 마비되었을 것이다.

"꺄아! 작가님, 너무 팬이에요!"

"실제로 보니까 너무 잘생기셨어요!"

"앞으로 잘 부탁드립니다. 작가님!"

여성 팬이 압도적으로 많았다. 가까이에서 우민을 볼 때마다 여자들이 비명을 질러댔다.

카타리나를 데리고 오지 않은 게 다행이었다. 옆에 있었다면 따가운 눈총에 제대로 사인을 하지 못했으리라.

저녁 시간이 다 되어가자 준비해 온 현찰도 슬슬 바닥을 보이기 시작했다.

총 67억가량을 하루 동안 쏟아부었다. 돈을 찾아가지 못한 나머지 직원들은 추후 계좌 입금을 시켜주기로 했다.

어마어마한 돈을 몽땅 쏟아부었지만 손석민, 그리고 우민은 전혀 아까워하는 눈치가 아니었다.

완전히 자리가 파하고, 손석민이 우민과 함께 엘리베이터를 타고 회장실로 올라갔다.

"도대체 노조가 나타날 거라는 건 어떻게 알고… 정말 대단하다는 말밖에는 안 나온다."

"뭐, 팬들의 도움이죠. 다행히 노조원들 중 한 명이 제 열혈
팬이라."

"그래, 미리 준비 안 했으면 정말 큰코다칠 뻔했어."

상암동에 위치한 지상 19층, 지하 6층짜리 빌딩의 꼭대기에
위치한 회장실은 깨끗이 비어 있었다.

"뭐, 몰랐다고 해도 결과가 달라지진 않았을 거예요. 며칠
더 연명한 것뿐일 테니까요."

"후아… 진짜 여길 차지하다니. 정말 재벌이 된 것 같구나."

"같구나가 아니라 정말 된 겁니다. 회장님."

손석민이 헛웃음을 터뜨렸다. 회장이라니… 듣는 것만으로
닭살이 돋아났다.

"회장님 손에 수천 명 직원들의 가정이 달려 있는 거예요.
정말 열심히 하셔야 합니다."

'열심히'라는 말에 손석민이 눈살을 찌푸렸다.

"또다시 일복이 터진 건가……."

"하하, 일단 CG미디어가 가진 종편 채널에서 드라마부터
시작해 보죠. 석영 씨가 드디어 '들리지 않아도' 각본을 완성했
어요."

우민이 회장실의 창가로 다가갔다. 방송사들이 자리한 빌딩
이 한눈에 보였다.

"그리고 제 드라마, 영화도 차근차근 준비해서 발표하는 겁니다."

석양이 지며 우민의 그림자가 길게 늘어졌다. 늘어진 그림자의 크기가 마치 동화 속의 거인처럼 크게만 느껴졌다.

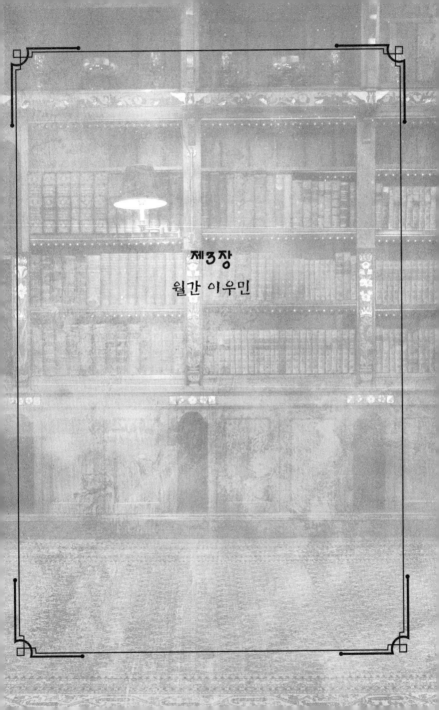

# 제3장

## 월간 이우민

주주총회의 결과로 세상이 떠들썩해졌다. 세계적인 문학상 2개를 연달아 수상하고, 이제는 국내 미디어 재벌을 인수했다. 그가 가진 문학적 능력은 이미 세계적인 수준이라는 것이 증명되었다. 이제 그가 가진 재력도 추정 불가라는 것을 증명한 셈이었다.

국민 작가라는 타이틀이 붙어 있는 우민의 광폭 행보를 언론은 1면에서 다루었다.

**<[속보] W 출판사, CG미디어 인수>**

&lt;이우민 작가 '그래도 사랑한다' CG미디어를 통해 제작, 유통 확정&gt;

&lt;우민 효과? W 출판사, CG미디어 동반 상승 52주 최고가 갱신&gt;


우민이 이름을 날리며 항상 함께 다니는 손석민의 이름 세 글자 역시 화제로 떠올랐다.


&lt;W 출판사 강소 기업의 반란. 그 치열한 현장을 찾아가다&gt;

&lt;CG미디어 신임 대표 손석민. 통 큰 인센티브!&gt;

&lt;직원들의 환호성 속에 취임식 시행. 당분간 W 출판사와 겸직&gt;

&lt;손석민 신임 대표 광폭 행보의 신호탄을 쏘아 올리다&gt;


손석민은 CG미디어의 신임 대표로 부임하자마자 마치 미리 준비라도 한 것처럼 기업의 방향을 제시하고, 혁신을 위한 행보를 선보였다.

우민의 신작이자 세계적인 문학상 두 개를 동시에 수상한 작품인 '그래도 사랑한다'의 드라마 제작.

아직 공식적으로 발표하지는 않았지만 '떨어진 달'의 후속편 역시 준비하고 있었다.

주가는 말 그대로 수직 상승하며 W 출판사와 CG미디어는 세계적인 영화 제작사인 소니 픽처스, 마블 스튜디오 등과 비교됐다.

"어떠냐. CG미디어를 차지한 소감이?"

법적인 대표이사는 손석민이었으나, 실질적인 소유주는 우민. 그가 대부분의 주식을 가지고 있었다.

"언제부터인가 돈에 대한 감각이 사라졌어요. 그래서인지 이번에도 큰 감흥이 일지는 않아요."

"그럴 만도 하지, 매달 네 통장에 얼마가 입금되고 있는지는 알고 있냐?"

"하하, 안 본 지 오래됐습니다."

천 원 한 장 벌기 위해 노력했던 과거가 까마득하게 느껴졌다. 대신 숙제를 해주고 받았던 게 천 원. 지금은 거기에 '0'이 몇 개가 붙었는지 모른다.

"확인해 봐. 영화 수입 최종 정산해서 입금시켰으니까. 아마 깜짝 놀랄 거다."

"3조짜리 기업을 인수하고, 3조짜리 기업을 상장시켰는데 그것보다 놀랄 일일까요."

"하하, 하긴 그렇구나."

손석민이 회장님 의자에 등을 기댄 채 상암동 전경을 훑어보았다.

"아저… 아니, 회장님은 감회가 어떠세요?"

"나는 아직 믿기지가 않는구나. 이 자리가 내 자리라는 사실이 영 피부에 와닿지가 않아."

"회장님은 잘해 나가실 겁니다. 지금까지 그래왔던 것처럼요."

"너는, 너는 이제 뭘 할 생각이냐."

"저는… 이제 본연의 일에 충실할까 해요."

"소설?"

"어린 시절, 제가 호언장담했던 일을 이뤄야지요."

손석민은 우민의 말을 단숨에 알아들었다. 초등학생 때부터 함께해 온 사이였다. 우민이 호언장담하던 일이라면 한 가지밖에 없다.

"그게 어디 마음처럼 되는 일이냐? 이번에 공쿠르, 맨부커는 수상했어도 스위스에서는 연락이 없었잖아."

"아직 제가 작가로서 미치는 영향력이 적다고 판단한 거겠지요."

노벨 문학상은 작품에 주는 상이 아니라, 작가에게 주는 상이었다. 그랬기에 작품 수나 사회적 활동이 적은 어린 나이의 수상자는 없었다.

"또 일을 벌이려고 하는… 거지?"

작가에게 주는 상.

그렇다면 작가의 이름을 널리 퍼뜨리고 업적을 세워야 한다. 우민이 하는 일이라면 자신이 연관되지 않을 수 없다. 곧 일복이 터진다는 뜻.

손석민은 또 무슨 일을 벌일지 살짝 두렵기까지 했다.

"하하, 당분간 회장님이 해주실 일은 없을 거예요. 제 담당인 방혜리 씨가 열심히 일하고 있으니까요."

손석민은 보지 않아도 어떨지 대충 상상이 갔다.

"아마 죽어나고 있겠구나."

우민이 그런 소리 하지 말라며 손사래를 쳤다.

"W 출판사 직원 복지가 얼마나 좋은데 죽어나고 있다니요."

"…사악한 놈."

직원 복지가 좋긴 하다. 주 35시간 근무에 업계 최고 연봉을 지급한다. 야근 수당은 10분마다 지급하고, 주말 근무 수당은 배로 지급한다.

점심 저녁은 모두 최고급 식단으로 제공하고, 필요 시 싱싱한 과일을 간식으로 제공했다.

회사에는 최신 기종의 안마 의자가 놓여 있었고, 퇴근 시 필요하다면 택시 이용도 비용 처리가 가능했다.

비용을 사용할 때 유념해야 할 것은 오직 하나.

'회사에 도움이 되는가'였다. 직원의 컨디션이 좋아야 회사의 생산성도 오른다는 모토 아래 직원 개개인의 양심에 비용 처리를 맡긴 것이다.

다만 우민은 최고의 대우를 해주고, 최고의 결과를 바랄 뿐이었다.

"하하, 혜리 씨는 오히려 좋아하던걸요."

손석민은 그저 고개를 젓는 것으로 대답을 대신했다.

\*　　　　　\*　　　　　\*

두 눈에는 잔뜩 핏발이 서 있었다. 책상 옆에는 미리 뽑아 놓은 원고가 두 뼘 정도 쌓여 있었다.

후릅.

잠이 오는지 방혜리가 옆에 놓여 있던 커피를 마치 물처럼 벌컥거리며 마셨다. 그래도 잠이 깨지 않는지 몇 번이고 머리를 흔들고, 두 눈을 마사지했다. 어깨를 몇 번 두드리고 나서야 정신이 드는지 다시 원고에 집중했다.

"후우… 후우……."

원고를 읽어 내려가던 방혜리의 숨소리가 차츰 거칠어졌다. 이번 원고는 희노애락 중 '노'에 대한 이야기인지 거칠어진 호흡은 멈춰지질 않았다.

"이런 나쁜 놈."

이내 혼잣말까지 시작했다.

방혜리가 읽고 있는 작품은 '노'에 관한 이야기. 제목은 '겨울 아이'로 5살 된 아이가 보는 겨울을 그린 내용이었다.

명절을 맞아 고향집으로 내려가는 도중 아이는 엄마를 잃어버리고 경찰서에 가게 된다.

서울역 경찰서. 그곳에 출입하는 다양한 인간 군상들을 아이의 눈으로 그리고 있었다.

이야기는 절정을 넘어 결말을 향해갔다.

스륵거리며 A4 용지를 넘기는 소리만이 방 안에서 조용히 들려왔다.

그렇게 몇 시간이 지났을까. 방혜리가 긴 숨을 내쉬며 고개를 들었다.

"후아, 다 읽었다……."

방혜리는 뻣뻣하게 굳어버린 목과 어깨를 마사지하며 자리에서 일어났다.

으드득거리는 소리가 몇 시간 동안 앉아 있었는지 가히 짐작조차 할 수 없게 만들었다.

방혜리가 옆에 놓여 있는 원고를 보며 얕은 한숨을 내쉬었다. 우민의 열혈 팬인 자신조차 질리게 만드는 양의 원고가 쌓여 있었다.

보내온 원고는 총 15편.

처음 원고를 받았을 때는 그저 어안이 벙벙해 아무런 생각도 나질 않았다.

이내 정신을 차린 방혜리가 물었다.

"이, 이게 다 뭔가요?"

"출판할 원고죠."

"이걸 다 한 번에… 하신다는… 말씀인가 해서요."

"음악에는 월간 윤찬종이 있다면 문학에는 월간 이우민이 있다는 말을 들으려 합니다."

"네, 네?"

"매달 한 편씩 작품을 내려고요. 마치… 문학잡지 같은 느낌이랄까요?"

"아……."

"처음에는 제 작품 위주로 넣어 사람들의 이목을 끌고 점차 다양한 작가들의 작품을 받으려 합니다."

"그, 그렇군요."

"방혜리 편집자님이라면 최대한 빠른 검토 가능하시죠?"

"네, 넵."

"그럼 부탁드립니다."

방혜리는 손석민의 눈가에서 다크 서클이 사라지지 않는 이유를 알 것 같았다.

이 정도 일을 처리하기 위해서는 잠잘 시간마저 쪼개서 일을 해야 했다.

그런데 웃기게도 하기 싫다는 생각은 전혀 들지 않았다. 일한 만큼 돌아오는 금전적 보상, 결과에 대한 보람, 스스로의 능력이 성장하고 있다는 느낌에 오히려 중독된 것처럼 일에 집중했다.

마치 일이 마약처럼 느껴졌다.

"이제 5편 남았다……."

일단 교정이 끝난 편들은 출판 팀으로 넘겼다. 당장 이번 달부터 월간 이우민을 서점에 깔기 위해서였다.

아마 지금쯤이면 손석민의 귀에도 일의 진행 상황이 들어 갔을 것이다.

CG미디어 인수에 전심전력을 다하기 위해 우민이 비밀에 붙여달라고 했기에 보고하지 않았지만 이제 인수는 마무리 단계. 최종 결재권자인 손석민의 결재가 필요했다.


＊          ＊          ＊


신임 대표가 되자마자 벌인 일을 마무리하기에도 벅찬 상황이었다. 그런데 거기에 우민은 일 하나를 더 하고자 했다.

"그러니까 지금 문학잡지를 만들자는 말이지?"

"네. 제 이름을 딴 월간 이우민. 매달 제 작품뿐만이 아니라 우수 작가들을 선발해서 잡지에 싣고 고료를 지급하려 합니다."

"이 일은 지금 누가 진행하고 있는데?"

"손 회장님이 적당하다고 생각하는데 혹시 생각나시는 다른 분이 계시면 그분으로 하셔도 상관없습니다."

"이미 내 명함이 두 개다… 몸이 열 개라도 모자랄 지경이야."

"그러면 저 담당하고 있는 방혜리, 그분이 하셔도 괜찮을 것 같아요. 겪어보니 일 잘하시더라고요."

손석민이 산더미처럼 쌓여 있는 서류를 가리키며 말했다.

"지금 해야 할 일도 이렇게 쌓여 있는데 꼭 지금 해야 하는 일이겠지?"

우민이 태연한 표정으로 고개를 끄덕였다. 손석민이 질끈 눈을 감으며 말했다.

"대충해서도 안 되고."

"아시잖아요. 저 대충할 거면 안 하는 거."

"어느 정도까지 생각하고 있냐?"

"세계에 이름을 떨치는 권위를 가진 문학잡지."

"으응?"

"침체된 한국 문학을 한 단계 끌어올리고, 문화의 르네상스 시대를 만들 겁니다. 동시에 침체된 출판계에 새로운 활력을 불어 넣고, 한국 문학의 우수성을 세계만방에 알릴 겁니다. 그리고 세계 문학의 메인 스트림으로의 진입."

손석민이 얕은 한숨을 내쉬었다. 어떻게 된 게 이 아이는 매번 이렇게 불가능하다 싶을 정도의 일을 가지고 오는 걸까.

손석민이 뭐라 대답을 하기도 전에 우민이 말을 이었다.

"CG미디어를 인수하게 되면 더 많은 일거리가 생길 거라고 말씀드렸던 것 같은데… 흐흐, 그새 잊으셨나 봐요?"

손석민이 먼 산을 보며 헛웃음을 터뜨렸다. 왠지 현실을 받아들이고 싶지 않아 하는 눈치였다.

"다, 당연히 사전에 논의된 일들 정도일 거라 생각했지."

"혹시나 다른 곳에 정신이 분산되어 CG미디어 쪽 일에 차질이 생길까 말씀을 안 드린 겁니다."

"그, 그랬구나. 그랬어."

"이참에 저는 해외를 좀 나갔다 와야 해요. 최고의 잡지를 만들기 위해서는 그에 걸맞은 사람들이 필요합니다. 물론 W 출판사에도 능력 있는 분들이 많지만, 저는 국내 시장만을 보고 있지 않으니까요."

마치 일을 다 떠넘겨 놓고 도망가는 듯한 형국이 만들어졌다.

"뭐, 편집부를 맡을 사람을 말하는 거냐?"

"네. 우수 작가를 선발하는 데 저 혼자 선정하면 독단적이라는 말이 나올 수 있으니까요. 권위 있는 잡지를 위해서는 그에 걸맞은 사람이 필요합니다."

우민의 말에 손석민은 그저 알았다는 말밖에 하지 못했다.

"그, 그래."

왠지 우민에게 당한 것 같은 느낌을 지울 수가 없었다. 그러나 그가 잘할 수 있는 일과 우민이 할 수 있는 일은 명백히 달랐다. 서로가 잘할 수 있는 일을 할 뿐이라는 생각으로 손석민은 스스로를 위로했다.

*     *     *

라일리 카터.

미국의 작가들이 책을 내면 한 권씩 그에게 보낸다고 알려져 있을 정도로 유명한 평론가 중 한 명이었다.

그는 오늘도 볼티모어의 한 주점에서 친우인 노아 테일러와 함께 맥주를 마시고 있었다.

"이번 영화가 아주 대히트를 쳤더군. 아주 안정적으로 메인스트림에 자리를 잡았어."

노아의 말에 라일리가 단숨에 맥주 한 병을 비워내며 말했다.

"그 녀석이 판타지를 쓰다니, 나는 상상도 못 했네."

"흐흐, 내가 말했잖아. 그 녀석은 어떤 글이든 써낼 수 있는 괴물이라고."

"이건 괴물이라는 말로도 설명이 부족해."

"하하, 왜? 판타지가 그렇게 어려운 장르였나?"

"그 전에 녀석이 받은 상들 기억나나?"

굳이 기억해 낼 필요도 없었다. 그 일 때문에 미국 문학계도 한동안 떠들썩했다.

"공쿠르, 그리고 맨부커?"

"그래, 마치 자신의 것처럼 두 개를 단숨에 채갔지. 노벨 문학상은 그나마 작품에 주는 게 아닌 작가에게 주는 것이라 수상하지 못했어."

"후우… 하여간 무서운 놈이야."

"그런데도 새로운 세계를 창조하고, 그걸 다시 각본으로 만들어낸 영화로 마치 메뚜기 떼처럼 세계를 휩쓸어 버렸어."

노아도 앞에 놓여 있던 병을 한 번에 마셔 버렸다. 우민의 얘기를 할 때마다 가슴 깊은 곳에서 밀려오는 경이적인 재능에 대한 질투심이 그제야 조금 수그러들었다.

노아가 맥주를 마시는 사이 라일리가 말을 이었다.

"더할 나위 없이 문학적인 글을 쓰다가도 어떨 때는 정신을 앗아가는 오락성으로 대중들을 움직여. 이게 정말 같은 사람이 쓴 글인지 보면서도 믿기지 않을 정도라니까."

"하하하, 라일리 자네 완전히 우민에게 빠졌군."

"새로운 시대로 가는 배가 출항하는 시점이야. 어찌 흥분되지 않을 수 있겠나."

앉아서 듣고 있던 노아가 라일리의 뒤편을 보며 손을 흔들었다.

"저기 오는군."

"뭐? 누굴 불렀나?"

"자네가 그렇게 입에 침이 마르도록 칭찬한 사람."

주점 입구에서 우민이 손을 흔들며 들어오고 있었다.

＊　　　＊　　　＊

캬아!

스트레이트 한 잔이 불러온 효과는 놀라웠다. 식도는 타는 듯했고, 위는 후끈거렸다. 머리는 살짝 어지러운 것이 공중에 붕 뜬 기분이었다.

"한 잔 더 받아야지!"

노아가 짓궂은 웃음을 지으며 잔을 채웠다. 잔을 받아 든 우민이 또 한 잔을 마셨다.

후욱.

우민이 내쉰 숨에 가득 차 있던 알코올 향이 공중으로 퍼졌다. 진하고 독한 향에 눈살이 찌푸려질 법도 하건만 그런 기색은 전혀 보이질 않았다.

벌써 스트레이트로 마신 것만 5잔이 넘어간다. 우민은 정지되려는 뇌를 겨우 일깨우고 있는 중이었다.

"그래, 하려던 이야기가 뭐라고?"

"후우… 후우우."

길게 숨을 내쉰 우민이 천천히 말했다.

"매달 잡지를 발간할 겁니다. 후우후우……."

술기운이 가시질 않았다. 최대한 또박또박 말을 하려 했지만 한 문장을 말할 때마다 긴 숨을 내쉬어야 했다.

"문학잡지. 기성, 신인 할 것 없이 그들의 글을 실을 겁니다. 세계에서 가장 권위 있는 잡지."

노아가 관심을 보였다. 라일리도 고개를 끄덕이고 있었다.

"오호, 그래?"

"물론 고료도 충분히 지급하고, 매년 우수 작품을 선정하여 상금을 지급할 겁니다……. 글 써도 돈 잘 벌 수 있다는 걸 보여주려 합니다."

"그래서 우리가 필요하다?"

"네. 후우……."

우민이 다시 긴 숨을 내쉬었다. 그렇게라도 하지 않으면 이대로 정신을 잃어버릴 것만 같았다.

"그런데 우리는 한국어를 하나도 못하는데? 작품을 받아도 해석하지 못하면 아무 소용이 없잖아."

"물론 선생님들께는 번역된 출판물이 나갈 겁니다… 잡지는 한국에서만 출판하지 않을 거예요. 한국, 미국, 일본, 중국, 그리고 유럽 지역에서도 볼 수 있게 할 겁니다."

"그러면 돈이 어마어마하게 들 텐데."

"돈이라면 이번에 많이 벌었습니다."

"하하, 그거야 우리도 잘 알지. 안 그런가?"

홀짝이며 술을 마시던 라일리가 물었다.

"왜 그런 일을 하는지 알 수 있을까?"

우민이 감기려는 눈을 간신히 뜨며 말했다.

"솔직히 말씀드려도 될까요?"

"물론이지. 그래야 우리도 결정하기 편하니까."

"공쿠르, 맨부커 둘 다 받았습니다. 그런데 아직 받지 못한 상이 하나 있어요."

우민의 말에 둘은 동시에 입을 다물었다. 먹고 있던 술잔도 내려놓은 상태였다.

"그걸 받고 싶습니다. 그러기 위해서는 업적을 쌓아야 해요. 제가 지금까지 쌓은 업적으로는 부족하다고 스위스에서 생각하나 봅니다."

노아의 말투가 살짝 떨려왔다.

노벨 문학상.

그건 받고 싶다고 해서 받을 수 있는 상이 아니었다. 물론 우민이 받았던 두 개의 상도 마찬가지라고 생각하고 있었다.

"공쿠르, 맨부커만 해도 너는 이미 세계 최고의 작가다. 지금까지 한 작품으로 두 개의 상을 동시에 수상한 작가는 없었어."

그러나 우민의 대답으로 그 생각이 깨어졌다.

"마음만 먹으면 언제나 탈 수 있는 상은 흥미 없습니다……."

툭.

술에 취한 우민이 고개를 떨어뜨렸다. 그러나 둘의 정신은 술을 먹기 전보다 명료해졌다. 노아가 얼떨떨해하며 말했다.

"이 녀석 지금… 말한 게 무슨 뜻인지 자네는 알겠나?"

라일리는 말없이 조용히 잔만 들이켤 뿐이었다.

\*　　　　\*　　　　\*

우민이 지끈거리는 머리를 부여잡고 침대에서 일어났다. 손을 더듬어 항상 침대 곁에 놓아두는 물병을 찾아보려 했지만 잡히질 않았다.

"으윽……."

슬며시 눈을 떠보니, 처음 보는 듯한 천장. 여기가 어딘지 짐작조차 되질 않았다.

"어제 술집에서 술을 마시고……."

마지막에 무슨 말을 했는지는 기억에 있었다. 그러나 그 후가 기억나질 않았다. 여기는 어디고, 또 어떻게 왔단 말인가.

우민이 지끈거리는 머리를 부여잡고서 침대에서 일어나 문을 열고 밖으로 나가보았다.

밑에 층에서 두런거리는 말소리가 들렸다.

"어제 그 청년은 이제 일어났으려나."

"술을 많이 먹었으니 그냥 자게 내버려 둬."

"호호, 당신이 술 먹은 외부 사람을 데려온 건 처음 아니에요?"

"노아 그놈이 몇 번이나 왔었는데 왜."

"그거야 테일러 씨가 일방적으로 찾아온 거잖아요."

삐거덕.

오래된 나무 계단에서 나는 소리에 대화를 나누던 둘의 시선이 우민에게로 향했다. 우민은 마저 계단을 밟고 내려와 인사했다.

"아… 하하, 제가 여기서 잤군요. 죄송합니다."

라일리의 부인이 상냥하게 웃으며 답했다.

"호호, 아니에요. 술을 많이 먹은 것 같은데, 따뜻한 차 준비해 놨으니 한 잔 마셔봐요."

라일리의 부인이 준비해 놓은 차를 우민에게 건넸다. 따뜻한 차가 속에 들어가자 울렁거리는 속과 지끈거리는 머리가 안정을 찾아갔다.

그 모습을 확인한 라일리가 말했다.

"자네는 나 좀 보지."

이내 둘은 서재로 모습을 감추었다.

                    *              *              *

어떻게 말을 시작해야 할까 망설여졌다. 평소 우민이 겸손하지 않다는 사실은 익히 알고 있었다.

그리고 겸손한 모습을 바라지도 않았다.

자유분방하고 자신감 넘치는 모습은 흔히 예술을 하는 작가라면 갖춰야 할 덕목 중 하나라고도 생각했다.

그러나 어제의 말은 아니었다. 이해의 범위를 넘어선 말이었다. 교만, 오만, 독선은 작가라면 언제나 경계해야 할 것들이었다.

"자네… 어제 한 말은 진심인가?"

지끈거리는 관자놀이를 주무르며, 다시금 차를 한 모금 마신 우민이 어제 했던 말들을 하나씩 기억해 보았다.

'무슨 말이지. 내가 했던 제안을 말씀하시는 건가.'

기억하지 못한다고 생각했는지 라일리는 친절하게 설명을 덧붙였다. 그가 얼마나 이우민이라는 작가를 생각하고 있는지 알 수 있는 행동이었다.

"마음만 먹으면 언제나 탈 수 있는 상은 흥미 없습니다'. 자네가 어제 술자리에서 한 말이네."

기억났다. 수분이 공급되면서 차츰 머리가 맑아지기 시작하자, 우려 섞인 라일리의 모습이 보였다. 무엇을 걱정하고 있는지 알 것 같았다.

"똑똑히 기억하고 있습니다."

결코 술에 취해 한 말은 아니었다.

"……."

"두 상의 가치를 폄하하기 위해 한 말은 아니었습니다. 그냥 제 현재를 말씀드리기 위해 한 표현이었을 뿐입니다."

"물론 자네의 능력이 출중함을 모르는 건 아니야. 그러나… 공쿠르, 맨부커는 세계가 인정하는 상. 마음먹는다고 해서 받을 수 있는 상이 아니네."

우민이 조심스러운 눈빛으로 라일리를 보며 말했다.

"이렇게 표현해도 될지 모르겠지만… 그건 보통의 작가들에게나 통용되는 현상입니다. 말씀드렸다시피 제게는 그저 마음먹기에 달린 일이었습니다."

이제는 안타까운 눈빛으로 변했다. 아무리 우민을 인정한다지만 그 두 상을 아무 때나 탈 수 있을 정도라고 생각하지는 않았다.

아무리 생각해도 답은 하나였다.

교만.

수많은 인기 작가들에게 나타나는 현상이었다. 더구나 우민은 나이까지 어리다. 충분히 자만할 수 있는 상황이었다.

우민은 라일리의 눈빛을 통해 그가 생각하고 있는 바를 읽었다.

"혹시 2년 전에 있었던 일 기억하십니까?"

"…무슨 말인지 자세히 말해주겠나."

"2년 전 맨부커와 공쿠르에서 수상작을 발표했지만 작가가 나타나지 않았던 사건을 말씀드리는 겁니다."

우민의 설명에 라일리가 꿀꺽 마른침을 삼켰다. 지금 이 자리에서 굳이 이런 설명을 하는 이유가 만약 자신이 짐작하고 있는 대로라면……

"데니스, 그리고 타일러. 두 명의 작가가 수상자로 선정되었지만 끝내 나타나지 않았습니다."

우민은 다시금 차 한 모금을 마셨다. 마셔도 마셔도 타는 듯한 갈증은 사라지질 않았다.

'어제 술을 먹기는 많이 먹었어.'

빨리 대화를 끝내고 다시 올라가 침대에 눕고 싶은 마음이 간절했다. 자신이 기획하고 있는 '월간 이우민'과 관련이 없었다면 진작 양해를 구하고 침대로 갔으리라.

"그리고 그즈음 저는 유럽 쪽을 여행하고 있었고요. 우연이라고 하기에는 많은 부분들이 맞아떨어집니다."

라일리의 동공이 점차 확장되어 갔다. 의자의 팔목 받침대에 걸쳐진 두 손에 잔뜩 힘이 들어가 있는 걸 보니 놀라고 있는 게 분명했다.

"굳이 확인을 해보고 싶으시다면 원본 원고를 보내 드릴 수도 있습니다."

우민이 쐐기를 박자 이번에는 라일리가 벌컥거리며 탁자 위에 놓여 있는 차를 마셨다. 아직 온기가 남아 있어 뜨거웠지만 전혀 느끼지 못하고 있었다.

"그 두 명의 작가가 자네… 후아……."

그러고는 얕은 숨을 토해냈다.

"나는… 전혀 눈치채지 못했는데……."

모든 글은 작가의 개성이 드러나게 마련이다. 그 개성을 통해서 저자를 알지 못해도 유추할 수 있었다.

데니스, 그리고 타일러.

우민이 두 개의 가명으로 써낸 작품이 각각의 상을 받았지만 누구도 생각하지 못했다.

"선생님뿐만이 아니라 누구도 알지 못했습니다. 그리고 그때 확신했어요. 아! 언제든지 마음만 먹으면 상을 탈 수 있겠구나. 그래서 어제도 그렇게 말씀드린 겁니다."

우민의 설명이 끝나자 라일리는 마치 벼락이라도 맞은 것 같은 표정이었다. 그리고 감히 가늠할 수 없는 재능의 크기를 자신이 속단하고 있었음을 깨달았다.

＊　　　　　＊　　　　　＊

충격에 휩싸인 라일리는 말을 잇지 못했다. 자리에서 일어나 서재를 서성거리기도 하고, 한동안 멍하니 창밖을 바라보기도 했다.

그리고 다시 자리에 앉아 차를 한 모금 마셨다. 가끔 우민을 바라보며 혼잣말을 중얼거리기도 했다.

우민은 어서 라일리가 진정되기만을 바랄 뿐이었다. 한시라도 빨리 아늑한 침대로 돌아가고 싶었다.

"그게… 너였단 말이지… 다 너였어."

이제 서서히 받아들이고 있는 것처럼 보였다. 우민은 라일리를 찾아온 최초의 목적을 다시 한번 설명했다.

"네. 저였습니다. 어제 말씀드렸던 건 어떻게……."

"우리보고 자네 업적을 세우기 위한 도구가 되어달라는 말

말인가?"

우민은 굳이 변명은 늘어놓지 않았다. 그저 고개를 끄덕이는 것으로 대답을 대신했다.

"그야… 당연히… 해야지. 전 세계의 문학 작품을 두루 살필 수 있는 기회를 놓친다는 건 말이 안 되니까."

우민이 머리가 지끈거리는 와중에도 씨익 웃어 보였다.

"그러면 한 가지 더 부탁드릴 게 있는데……."

이어진 우민의 설명에 라일리가 고개를 끄덕였다. 어차피 하기로 한 일, 제대로 하고 싶다는 마음도 컸다. 이야기를 마친 우민이 자리에서 일어나 관자놀이를 꾹꾹 눌렀다.

"그러면 먼저 일어나 보겠습니다. 어제 술이 아직 덜 깨서요."

침대로 돌아가려는 우민에게 라일리가 다시 한번 확인하듯 물었다.

"그게 정말 다 자네였나? 정말? 언제나 마음먹으면 상을 탈 수 있단 말이지?"

"네. 믿어지지 않으면 확인해 보셔도 됩니다."

우민의 자신만만한 말에 라일리는 그저 멍하니 창밖을 바라볼 뿐이었다.

\*       \*       \*

긴 잠에서 깨어난 우민이 얕은 한숨을 토했다.

휴우…….

이제야 정신이 명료해지며 숙취가 물러나려 했다. 타는 듯
한 목마름에 마침 침대 옆 탁자에 올라와 있던 생수를 벌컥거
리며 마셨다.

한층 정신이 또렷해졌다.

휴우…….

다시 긴 한숨을 내쉰 우민이 침대에서 일어났다.

"다시는 술 먹지 말아야지."

애주가들이 항상 하는 후회였다. 우민이라고 해서 예외는
아니었다. 자리에서 일어나 다시 거실로 내려가니 소파가 꽉
차도록 사람들이 앉아 있었다.

얼굴을 알고 있는 건 노아 테일러, 라일리 카터 단둘뿐이었
다. 앉아 있던 사람들이 계단에서 내려온 우민을 바라보았다.
앉아 있던 노아가 자리에서 일어나 반겼다.

"자, 네가 원하는 사람들을 모아놨다. 일단 무슨 일을 하는
지 간략하게 설명은 했는데… 설득해서 함께 일하는 건 네 몫
이다. 먼저 이분이 누구냐면……."

모여 있는 사람은 다섯 명가량 되었다. 그러나 그 면면이
간단치가 않았다. 대중적으로 유명하지는 않지만 능력만큼

은 출중하다고 했다.

노아의 설명에 따르면 볼티모어에서 자신들이 아는 한 가장 똑똑한 작가, 평론가들이라고 했다.

문학이 돈이 되는 시대는 지났다. 비록 생계 문제 때문에 잠시 접어두기는 했지만 언제나 관심만큼은 문학계에 두고 있었다.

노아의 설명이 끝나자마자 앉아 있던 사람들 중 한 명이 일어나서 우민에게 다가가 손에 들고 있던 책을 내밀었다.

"패, 팬입니다. 혹시 사인 가능할까요?"

남자의 손에는 '그래도 사랑한다' 하드커버 판이 들려 있었다.

"제가 지금 펜이 없는데……."

앉아 있던 다른 남자 한 명이 자리에서 일어나 펜을 내밀었다.

"여기 있습니다."

"아, 네."

펜을 받아 든 우민이 빠르게 사인을 휘갈겼다. 그러자 뒤에 있던 남자가 다른 책을 우민에게 내밀었다.

"혹시 저도 사인을 받을 수 있을까요?"

펜을 건네준 남자가 들고 있던 책은 'Indignation'. 넷링크에서 드라마로까지 제작되었던 소설이었다.

"물론입니다."

그러자 앉아 있던 나머지 세 명이 주르륵 자리에서 일어났다.

"저도 사인 좀……."

"저도……."

일순간 라일리의 거실이 우민의 사인장으로 변해 버렸다.


우민의 팬들이 모여 있는 자리가 되자, 얘기하는 건 쉬운 정도가 아니었다. 무슨 말을 해도 고개를 끄덕이며 찬성했다.

"여러분들께 앞으로 글이 올라오는 사이트 주소를 알려 드릴 겁니다. 그러면 그곳에 올라오는 글을 살펴보시고, 여러분들이 평가를 해주시면 됩니다."

우민이 천천히 생각하고 있던 바를 설명해 나갔다.

"전 세계에 여러분과 비슷한 일을 해주는 그룹이 몇 개 존재할 겁니다. 그렇게 인증된 글은 '월간 이우민'에 실릴 수 있는 최소한의 조건을 갖추게 된 겁니다."

몇몇 사람은 고개를 끄덕이며, 몇몇 사람은 라일리의 부인이 내온 차를 마시며 우민의 말을 경청했다.

"그렇게 되면 여러분들도 인정하시는 평론가나 작가, 이를테면 노아 테일러나 라일리 카터 씨가 다시 한번 그 글들을 평가하게 될 겁니다. 물론 이 작업도 전 세계에서 동시 다발적으로 일어나게 될 겁니다."

다들 인내심이 대단한지, 아니면 설명을 잘해서인지 우민의 말에 토를 다는 사람은 없었다.

"작업에는 투입하시는 시간이 결코 아깝지 않을 만큼의 적정한 페이가 지급될 겁니다. 업계 최상위 대우를 약속드립니다."

우민의 말이 끝났다고 생각했는지 한 사람이 천천히 입을 열었다.

"전 세계 어디에서도 글을 올릴 수 있다고 들었습니다. 그러면 번역이 문제가 될 텐데요."

"전문 번역가들의 도움을 받을 겁니다."

"비용이 만만치 않을 텐데……."

"그것보다 '월간 이우민'을 많이 팔면 됩니다."

"그러면 저희가 하는 일은 매달 사이트에 올라오는 글을 살피는 게 되는 건가요?"

"맞습니다. 거기에서 능력을 인정받으시면 더 상위 그룹으로 옮겨가게 됩니다. 방금 예를 들었다시피 '노아 테일러' 교수님이 활동하시는 곳 같은……."

계속되는 칭찬 때문일까. 노아의 얼굴이 살짝 붉어졌다. 라일리도 우민의 계속되는 칭찬에 연신 헛기침을 해댔다.

"저야… 새로운 글도 읽고, 돈도 받고 좋지만……."

오히려 우민을 걱정하는 기색이 역력했다. 자신이 사랑하는 작가가 혹시 잘못된 길로 빠지지 않을까 하는 걱정이 가득했다.

"그렇게 매달 잡지를 출간하고, 작품이 쌓이면 연말 시상식을 진행할 겁니다. 전 세계에서 가장 성대하게 시상식을 열어 작가들의 삶이 대중의 꿈이 될 수 있도록 할 겁니다."

우민이 늘어놓는 원대한 계획에 앉아 있던 사람들이 마른침을 삼켰다. 흡사 어젯밤 술집에서 보았던 라일리와 노아의 모습을 보는 것 같았다.

질문이 잦아들자 우민이 말을 이었다.

"처음에는 제 명성, 그리고 팬들의 성원으로 시작하겠지만 서서히 잡지에 연재되는 작가들을 사랑하게 될 겁니다. 신인 작가들의 등용문이 될 것이고, 기성 작가들의 슬럼프를 해결할 수 있는 공간이 될 겁니다. 그렇게 전 세계 유일무이한 잡지로 자리 잡게 될 겁니다."

자본주의의 나라 미국이다. 그 자리에 있는 7명의 사람들 머릿속에는 가장 먼저 돈이 떠올랐다.

우민이 말하는 대로 되려면 천문학적인 액수의 금액이 필요하다.

전 세계에 잡지를 출간하는 것도, 잡지를 출간하기 위해 전 세계에서 활동하는 평론가들에게 페이를 지급하는 것도 결코 쉬운 일이 아니었다.

우민이 마지막 말로 사람들의 우려를 불식시켰다.

"떨어진 달로 제가 벌어들인 수입이 얼마인지 혹시 아시는 분 계십니까?"

정확히 아는 사람은 한 명도 없었다. 그나마 팬심으로 우민에 관련된 뉴스를 한시도 빼놓지 않고 보던 한 명이 말했다.

"10억 달러 정도로 알고 있습니다."

10억 달러면 1조 900억. 그것만으로도 입이 떡 벌어지는 액수였다.

"그것보다 많습니다. 그리고 이번 사업에 그 절반을 투자할 생각이 있어요. 그러니 '돈'은 걱정하지 않으셔도 됩니다."

이제 사람들은 완전히 입을 다물었다. 아주 잠시였지만 라일리의 거실에 정적이 흘렀다.

\*       \*       \*

아메리카를 시작으로 유럽, 아프리카, 오세아니아, 그리고 아시아까지 우민은 직접 전 세계를 돌아다니며 사람들을 만나고, 설득했다.

이미 한 번 돌아본 적이 있어서일까. 그리 오랜 시간이 걸리지도, 불가능하리만큼 힘이 들지도 않았다.

그렇게 전 세계를 돌고 돌아 우민이 한국에 도착한 건 추운 겨울이 혹한의 맹위를 떨치고 있을 때였다.

미국 출발부터 동행했던 카타리나가 두 팔로 몸을 감싸며 엄살을 떨었다.

"아, 추워!"

"네가 껴입은 옷이 몇 겹인 줄 알고 말하는 거지?"

"우린 방금 전까지 오키나와에 있었다고! 푸른빛이 일렁이는 바다, 그 속에서 노니는 물고기들을 구경하다 갑자기 이런 혹한 속에 나를 던지다니!"

"알았어. 내가 잘못했어."

"그럼 뽀뽀해 봐."

사람이 많은 공항 출국장 한가운데였다. 모자와 마스크로 얼굴을 가리고 있었지만 가끔씩 자신을 보며 수군거리는 사람들이 보였다.

"여, 여기는 공공장소야."

"홍, 어차피 결혼할 사이에 그게 뭐가 문제?"

멀리서 손석민이 손을 흔들고 있는 게 보였다. 카타리나가 토라진 척 성큼성큼 앞서 걸었다.

그 모습이 귀여워 우민이 자신도 모르게 뒤에서 살짝 끌어안았다. 그리고는 쪽.

"이래도 삐칠 거야?"

화악.

카타리나의 귀가 순식간에 붉게 달아올랐다. 그 모습을 확인한 우민이 싱그럽게 웃으며 이번에는 카타리나의 귀에 살짝 입술을 스쳤다.

"이래도?"

카타리나가 등을 돌리고 활짝 웃어 보였다. 가까이 다가온 손석민도 웃음을 감추지 못했다.

"너희들은 이제 공공장소에서까지 애정 행각이냐?"

카타리나가 우민의 어깨에 손을 걸친 채 말했다.

"부러우시면 아저씨도 어머님이랑 하세요."

"아이고, 알겠습니다."

함께 도착한 수행원들이 우민에게서 짐을 넘겨받았다. 바로 주차장으로 향한 일행은 검은색 세단에 올라탔다.


회장님 차라고도 불리는 벤츠 마이바흐.

넉넉한 실내가 특히 마음에 들었다. 차량용 컵홀더에는 따뜻한 커피가 준비되어 있었다.

"명단을 보니… 정말 어마어마하더구나."

"세계 최고의 문학잡지를 만들어야 하니까요."

"사이트는 작가분들에게 알렸다. 소설닷컴, 거기에 문학 카

테고리를 따로 만들었어."

"잡지는 말씀드린 대로 고가 정책으로 해야 합니다. 수집가들이 잡지를 수집하기 쉽게 만들어야 해요. 어차피 책보다는 인터넷으로 보는 사람들이 많을 테니까요."

"안 그래도 그것 때문에 마음이 급하다. 방금 전에 디자인 초안 나왔으니까 한번 확인해 봐. 거기 책꽂이에 준비해 놨다."

앞좌석 등받이에 정말 잡지가 한 권 꽂혀 있었다. 우민이 꺼내 든 잡지는 일반 잡지와 다르게 책처럼 하드커버로 이루어져 있었고, 천으로 된 장식품까지 붙어 있었다.

"디자이너 알아본다고 고생 좀 했어."

그래서일까. 확실히 마음을 잡아끄는 힘이 있었다. 아직 내용은 보지도 않았지만 겉표지만으로도 소장 욕구를 자극했다. 옆에 있던 카타리나도 눈을 반짝였다.

"오, 예쁜데요?"

"베타 테스트에서도 유행에 민감한 여성들의 반응이 대단해."

들고 있던 책을 내려놓은 우민이 차창을 바라보며 조용히 중얼거렸다.

"이제 속만 채우면 되겠네요."

"하하, 그렇지."

차는 영종대교를 지나 빠르게 서울 시내로 진입했다.

*　　　　　*　　　　　*

〈초청장〉

일시: 1월 11일.

장소: 서울 S호텔.

내용:

W 출판사는 매년 배가 넘는 성장을 거듭하며 여러분들의 많은 사랑을 받아왔습니다. 저희는 이러한 사랑을 대중 여러분들께 돌려 드릴 방법을 항상 고민해 왔습니다.

고민에 고민을 거듭하던 중 이우민 작가의 제안으로 문학 잡지를 출간하기로 결정하였습니다.

해당 잡지는 이우민 작가의 전폭적인 지원 아래 영어, 중국어 및 다양한 언어로 번역되어 전 세계로 출간될 예정입니다.

자세한 내용은 상기 일자에 다시 알려 드릴 예정이오니 한국 문학을 사랑하고 이끌어가시는 열정 가득한 문인 여러분들의 많은 참여 부탁드립니다.

금박의 테두리가 입혀진 초청장이 한국문인협회를 통해 협회에 가입된 전 문인들에게 발송되었다. 초청장을 받은 건 협회에 소속된 회원만이 아니었다.

우민이 만든 사이트 소설닷컴에 연재 중인 작가들에게도 전해졌다.

더불어 이제는 국내 대표적인 웹소설 플랫폼으로 자리 잡은 소설닷컴의 첫 화면에 대문짝만 한 광고가 실렸다.

**당신의 글이 세계에서 통용될 거라 생각하십니까?**

**여기 그런 당신을 위한 잡지가 있습니다.**

**12월 23일. S호텔.**

**당신을 기다립니다.**

매일 수십만 명의 사람들이 출입하는 사이트답게 빠르게 각종 포털의 실시간 검색어들을 장악해 나갔다.

그러나 우민은 그것만으로 만족하지 못했다. CG미디어가 소유하고 있는 채널, 그리고 지상파 방송 등등 동원할 수 있는 모든 수단을 동원해 홍보했다.

떨어진 달의 상영이 끝나고 몇 달이 지났지만 아직 그 열기가 식지 않은 시점.

우민이 만들고자 하는 잡지는 광풍처럼 대한민국 전역에 불어닥쳤다.

워낙 우민의 열기가 대단해서일까. 작가에 대한 위상도 덩달아 높아졌다. 오죽하면 식당이나 버스의 아주머니들도 우민과 관련된 이야기를 나누었다.

"아니, 요새 작가라는 직업이 그렇게 돈을 잘 번다면서?"

"그렇다니까. 건이가 이번에 국어 만점 받았다고 하지 않았어? 한번 그쪽으로 시켜보지 그래. 어차피 펜만 있으면 되니까 돈도 안 들잖아."

"우리 아들도 작가나 한번 시켜볼까."

"우리 딸내미는 워낙 밖에서 뛰어노는 걸 좋아해서 말이야. 전생에 장군이었던 게 확실하다니까. 아주 장군감이야, 장군."

"텔레비전에 나오는 거기에 한 번 찾아가 봐야 하나……."

"한번 가보라니까. 이참에 호텔 구경도 하고 좀 좋아."

자식을 가진 부모라면 누구나 한 번쯤 '작가'라는 직업에 대해 고민했고, 자식에게 권유해 보기 일쑤였다.

작가라는 직업에 꼬리표처럼 따라붙었던 '가난'이라는 두 글자를 떼어버린 우민 덕분이었다.

대한민국을 들썩이게 만든 우민은 잡지에 실을 최종 원고를 검토 중이었다.

"편집자님 생각에는 이렇게 10편을 싣는 게 좋겠다는 말씀이신 거죠?"

"네… 맞습니다."

방혜리가 피곤에 지친 얼굴로 우민을 보며 힘없이 중얼거렸다.

지금껏 우민이 보내온 원고만 50여 편.

매일 밤새도록 원고를 검토하고 잡지에 실을 만한 글을 추려냈다.

"흠… 대중의 입맛에 맞는 글들과 문학적 가치가 높은 글들을 적절히 섞은 라인업을 이렇게 구성하셨구나……."

우민이 생각에 잠길수록 방혜리는 초조해졌다. 극한의 노력을 경주한 결과가 거부당한다면 꽤나 큰 충격으로 다가올 것 같았다.

초조함을 이기지 못한 방혜리가 재차 물었다.

"어떠세요? 마음에 드시나요?"

우민의 입가에 조금씩 미소가 번졌다. 우민의 기색을 살피던 방혜리가 예리한 눈초리로 표정 변화를 알아챘다. 방혜리의 바짝 마른 입술에 습기가 배어들었다.

"제 생각이랑 비슷하군요. 이 라인업으로 가면 되겠습니다."

방혜리는 환호성이라도 지르고 싶은 걸 겨우 참았다. 이제는 재벌이라 불려도 손색없는 위치에 있는 우민에게 인정을 받았다.

이루 말할 수 없는 기쁨이 밀려들었다.

"감사합니다. 감사합니다."

뭐가 그리 감사한지 방혜리가 연신 고개를 숙였다. 당황한 우민이 웃자, 방혜리는 민망한 듯 머리를 긁적였다.

"앞으로도 잘 부탁드려요. 이제 겨우 창간호 라인업을 선정했을 뿐입니다. 월마다 출시될 잡지인 만큼 매달 수많은 원고들이 밀려올 것이고, 그걸 검토해야 합니다."

딸꾹.

놀란 방혜리가 자신도 모르게 딸꾹질을 시작했다. 갑작스러운 딸꾹질을 멈추기 위해 침을 삼켜보고 허벅지를 꼬집어보았지만 전혀 소용이 없었다.

"물론 편집자님께 모든 일을 맡기지는 않을 거예요. 대대적인 인력 충원이 있을 겁니다. 직접 면접을 보시고, 마음에 드는 인원으로 뽑으시면 돼요. 인원은 요청하시는 만큼 뽑도록할 겁니다."

이어진 설명에 방혜리의 딸꾹질도 서서히 잦아들었다. 진정된 걸 확인한 우민이 말했다.

"편집자님 수고가 많다는 사실 잘 알고 있습니다. 아시다시피, 회사는 그런 수고를 잊지 않을 겁니다. 그리고 저도요."

방혜리의 눈가가 파르르 떨리기 시작했다. 우민의 거듭된 인정에 일을 하며 쌓였던 스트레스가 단번에 날아갔다.

"정말… 감사합니다."

방혜리는 직장을 가지는 데 있어서 3가지 원칙을 세웠다. 돈이 많거나, 하는 일이 즐겁거나, 주변 사람들이 좋거나.

이 중 하나라도 만족된다면 계속 다니겠다.

그런데 이곳은… 세 가지가 전부 만족스러웠다. 받고 있는 연봉, 하고 있는 일, 그리고 일을 하며 만나는 사람들까지. 어느 것 하나 불만족스러운 것이 없었다.

"아닙니다. 이렇게 잘해주시는데 오히려 제가 감사하죠. 정말 수고하셨습니다."

우민의 칭찬에 울 것 같은 표정을 하던 방혜리가 나가고, 이번에는 W 출판사 기획 팀 직원이 들어왔다.

"작가님, 23일 진행될 잡지 발간 콘퍼런스 일정표 가져왔습니다."

이번에는 우민이 슬쩍 미간을 찌푸리며 머리를 긁적였다.

"…이 아저씨가."

손석민은 CG미디어의 일이 바쁘다는 핑계로 관련 진행 상황을 우민에게 다 넘겨 버린 참이었다. 기획 팀 직원이 당황한 듯 말을 이었다.

"저기… 조금 있다가 다시 올까요?"

우민이 얕은 한숨을 내쉬며 대답했다.

"아닙니다. 지금 볼게요."

회사 일이라는 게 생각보다 쉽지 않았다.

＊　　　　＊　　　　＊

우민이 부스스한 머리로 잠에서 깨어났다. 침대에서 몸을 일으키니 붉은색 머리카락이 어깨에서 흘러내렸다.

"몇 시지……."

어젯밤.

오랜만에 만난 마음 맞는 사람들과 밤늦게까지 즐겁게 이야기를 나누었다.

세계적인 문학의 추세. 과거 유명 작가들의 문체. 앞으로 주류로 자리 잡게 될 이야기까지 수많은 것들에 대해 말하다 보니 타임머신을 탄 것처럼 시간이 흘러 버렸다.

"9시 20분이면……."

우민의 중얼거림에 잠에서 깬 카타리나가 이불 밖으로 얼굴을 쏙 내밀며 말했다.

"끄으응, 일어났어?"

"10시 30분부터 행사 시작이라. 나는 나가봐야 할 것 같아."

"히잉, 나도 나도."

쪽.

우민이 자연스럽게 카타리나의 이마에 입을 맞추었다.

"왕비님은 더 주무세요. 그게 피부 미용에 좋아요."

침대 곳곳에 간밤의 흔적이 남아 있었다. 옷은 바닥 이곳저곳에 떨어져 있었고, 격한 움직임으로 몇몇 가구의 위치도 변경되어 있었다.

"가서 다른 여자한테 눈길 주지 마. 알았지?"

"알겠습니다. 왕비님."

장난스러운 우민의 말투에 이번에는 카타리나가 입을 맞추었다.

"팬한테도 안 돼!"

"하하, 알았어."

침대에서 완전히 일어난 우민이 샤워를 마치고, 옷장에서 꺼낸 정장으로 갈아입었다.

머리까지 드라이를 하고 나자, 한국 최정상 미남 배우 못지않은 남자가 한 명 서 있었다.

슈트는 몸에 알맞게 붙어 있었고, 피부에는 잡티 하나 보이지 않았다.

"물가에 내놓은 아이를 보는 엄마의 마음이 어떤 건지 알 것 같다."

자신이 봐도 잘생겼다. 요리 보고, 조리 보고, 다시 보고,

하나씩 뜯어 보아도 어디 하나 흠잡을 데가 없었다. 보내지 않겠다는 듯 카타리나가 우민의 목을 끌어안았다.

실오라기 하나 걸치지 않은 몸매가 햇살을 받아 반짝거렸다.

"나 정말 가야 돼."

그제야 카타리나가 팔을 풀었고, 우민은 호텔 방 밖으로 나갈 수 있었다.


방에서 내려와 행사가 진행되는 곳으로 가자 어젯밤 치열하게 대화를 나누었던 사람들이 방명록을 쓰고 있었다.

"아, 노아 선생님. 일찍 일어나셨네요."

"약속 시간은 꼭 지켜야지."

그 옆에서 일본 대표 작가 무라미 하루다가 방명록에 이름을 적고 있었다.

"하루다 선생님도 피곤하실 텐데 다시 한번 감사드립니다."

우민이 방명록을 쓰는 사람들에게 한 명, 한 명 다가가 인사를 건넸다.

그 밖에도 프랑스의 대표 작가 벨베르 베르베, 아프리카의 노벨 문학상 수상자인 왈라 소리카까지.

과연 이들을 한자리에서 보는 것이 가능할까 싶을 정도로 유명한 작가들이 가득했다. 이렇게 사람들을 모으는 것도 결코 쉬운 일이 아니었을 것이다.

참석자들의 위상 때문인지 일반인들은 쉽게 다가오지조차
못했다.

"그럼 들어가실까요."

우민이 앞장서고, 뒤이어 작가들이 행사장 안으로 들어섰
다.


＊　　　　＊　　　　＊


플랫폼에 글을 올리면 중국어, 영어로 번역되어 세계 도처
에서 제휴를 맺은 평론가, 작가들이 글을 살펴본다.

1차로 이들에게 인증이 되면 2차 그룹에게 글이 전달된다.

2차 그룹이 인정하면 최종적으로 잡지에 실린다.

잡지에 실린 글은 최종 12개 언어로 번역되어 세계 각국에
출간된다.

잡지는 프리미엄 버전과 이북 버전으로 나뉜다.

번역 비용은 전액 회사에서 부담한다. 대신 잡지에 실린 글
은 W 출판사에서 출판할 수 있는 우선권을 가진다.

잡지는 매달 발간되며, 연말에는 우수 작품들을 대상으로
시상식을 할 예정이다.

마이크를 잡은 우민이 설명을 이어나갈수록 사람들은 감탄사를 쏟아냈다.

모든 조건들이 작가들에게 유리하게 설정되어 있었다. 저렇게 하고도 도리어 이익이 남을까 걱정해 주는 사람들까지 있었다.

"설명을 들으신 분이라면 아시겠지만 이익을 바라고 한 일이 아닙니다. 차별과 분열, 증오와 배척으로 이어지고 있는 시대의 아픔을 치유할 수 있는 문학의 발전, 그것이 한국에서부터 시작되길 바라는 마음에서 시작된 잡지입니다."

"그러한 태생적 이유가 있기에, 굳이 비용을 들여가며 전 세계에 잡지를 출간하는 겁니다."

"혹자는 이렇게 말할지도 모르겠습니다."

"일 년 안에 망한다."

"그분들께 말씀드리고 싶습니다. 일단 한 번 보시라고."

"오늘 들어오시는 길에 잡지를 한 권씩 받으셨을 겁니다. 참석하신 분들께 증정용으로 나눠 드린 창간호입니다."

"이어서 작품을 평가해 주실 평가 위원님들을 소개하겠습니다."

"일본을 대표하는 작가님이시죠. 무라미 하루다 작가님."

"펜 하나로 여성들의 마음을 훔치는 노아 테일러 작가님."

"프랑스가 낳은 음유시인 벨베르 베르베 작가님."

우민이 자리에 앉아 있던 작가들을 한 명씩 호명해 나갔다.

노벨 문학상 수상자에서부터 각 나라를 대표하는 작가들까지, 참석한 사람들은 숨을 멈춘 채 우민의 입에 집중했다.

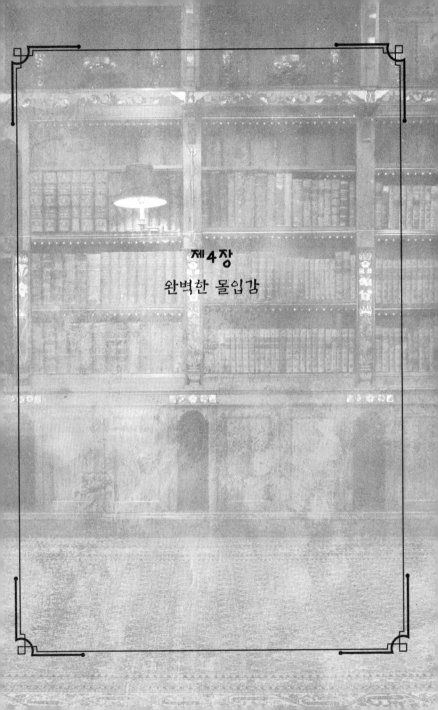

# 제4장
완벽한 몰입감

　행사장에서 촬영을 하고 있는 건 한국 기자들만이 아니었다. 유명 방송국의 외신 기자들 역시 열띤 취재 경쟁을 벌였다. 미국, 영국, 프랑스, 브라질, 멕시코, 중국, 일본 등등 거대한 컨퍼런스 홀이 기자들만으로 가득 찼다.

　우민 혼자 있었다면 이 정도 규모의 기자들을 모으지 못했을 것이다. 기자들의 구성 역시 대부분이 한국인들로 채워졌을 터였다.

　우민이 전 세계적으로 유명세를 타고 있기는 하지만 그의 일거수일투족에 민감하게 반응할 정도는 아니었다.

수많은 외신 기자들이 모인 가장 큰 이유는 각국을 대표한다고 말할 수 있는 작가들이 모인 탓이었다.

파엘리 코엘르.

왈라 소리카.

아이춘.

노아 테일러.

무라미 하루다.

벨베르 베르베.

우민이 한 명씩 호명할 때마다 반짝이는 조명 빛에 눈이 부실 정도였다. 자국의 작가들을 취재하기 위한 열기가 홀을 가득 메웠다.

"마지막으로 '아프리카의 별'이라 불리고 계신 분입니다. 쿠에시 아난."

우민의 호명에 검은색 피부에 곱슬머리를 한 남자가 자리에서 일어나 인사했다.

쿠에시 아난.

그는 어린 시절의 천재성을 잃어버리지 않고 작가로 명성을 떨치고 있었다. 남달랐던 재능은 시간이 지날수록 완숙해졌고, 이제는 썼다 하면 베스트셀러에 진입하는 작가가 되었다.

그런 그도 우민의 초청에 응했다.

"'쿠에시 아난'입니다. 우민이 새롭게 만드는 문학잡지에 함께하게 된 것을 대단히 영광스럽게 생각합니다."

우민이 쿠에시의 찬사에 대답했다.

"하하, 아닙니다. 오히려 제가 영광이죠."

슬쩍 우민이 있는 쪽을 바라본 쿠에시가 말을 이었다.

"어린 시절부터 그는 저의 나침반이라 할 수 있었습니다. 그가 가리키는 방향이 곧 제가 만들어 나갈 미래가 되었고, 결국 이 자리까지 오게 되었습니다."

쿠에시 아난이 한 번 더 자기 자신을 낮추었다. 그건 쿠에시 아난만이 보인 행동이 아니었다. 앞서 소개된 작가들이 보인 공통점이었다. 자신을 낮추고 우민을 높였다.

"하하, 칭찬 감사합니다. 이것으로 함께할 작가, 평론가분들의 소개를 마치겠습니다."

마이크를 넘겨받은 사회자가 말을 이었다.

"다음은 W 출판사가 새롭게 선보이는 문학잡지 '월간 이우민'의 운영 방안에 대한 자세한 소개가 있겠습니다. 발표는 이번 잡지의 편집장을 맡고 계신 방혜리 편집장님이 해주시겠습니다."

소개를 받은 방혜리가 단상 위로 올라갔다. 스크린에는 창간호 표지가 커다랗게 떠 있었다.

이미 자리에 앉아 있던 사람들이 입장할 때 받아 든 잡지를 펴서 찬찬히 살펴보기 시작했다.

방혜리가 마이크를 잡았다.

"나눠 드린 창간호는 먼저 잡지의 제목답게 이우민 작가님의 글을 실었습니다. 앞으로의 운영에 대해 궁금해하시는 부분이 많을 것으로 생각됩니다."

방혜리가 잠시 말을 멈추고 자리에 착석해 있는 사람들을 바라보았다. 이렇게 큰 자리는 처음이라 그런지 약간 긴장되기까지 했다. 학교에서 발표를 할 때도 이렇게까지 긴장되지는 않았다.

그 짧은 순간에 고개를 숙인 채 잡지를 보고 있는 사람들이 보였다.

자신의 피와 땀이 서려 있는 잡지가 사람들의 호응을 받고 있다는 생각에 뿌듯함이 밀려왔다. 긴장이 약간 풀리고, 굳어져 있던 입이 다시 벌려졌다.

"특히나 '다국어 번역 지원'에 대해 궁금한 점이 많으실 것으로 생각합니다. 누구나 작품을 올리기만 해도 영어, 중국어로 번역되어 전 세계에 계신 협력 심사 위원분들께 소개된다. 이건 일말의 거짓도 없는 사실입니다."

방혜리는 사람들이 가장 궁금해하는 것을 먼저 말했다. 그러나 이상하게 자신에게 집중하는 사람들이 점차 줄어들기만 했다. 그들의 공통점은 하나같이 고개를 처박고 바닥을 보고 있다는 것이었다.

"올리기만 하면 전문 번역가들이 영어, 중국어로 번역하여 전 세계 심사 위원분들에게 작품을 소개합니다. 거기에서 50% 이상의 지지를 받은 작품은 2차 심사 위원님들께 평가받게 됩니다……"

처음 단상에 올라 왔을 때 소란스러웠던 분위기는 이제 조용해져 있었다. 바닥에 보물이라도 숨겨져 있는지 고개를 숙이고 있는 사람들은 계속 늘어만 갔다.

"2차까지 통과한 작품은 최종적으로 3차 심의위원회를 통한 후 잡지에 실리게 됩니다. 잡지는 기존에 말씀드린 대로 12개 국어로 번역되어 전 세계 수백여 개의 도시에 출판되게 됩니다. 최종적으로 잡지에 실리게 되면 고료 역시 적정 수준에서 지급될 겁니다. 여기서 말하는 적정 수준은……"

말을 하던 방혜리가 다시 행사장을 훑었다. 이제는 참여 인원의 절반가량이 고개를 숙이고 있었다. 이대로 행사를 진행할 수 있을지가 의심스러워졌다.

'뭘 저렇게 보는 거야……'

흘깃 보니 입장 시에 배포했던 잡지의 창간호를 보고 있었다.

'아……'

모습을 확인하자 왜 이런 현상이 일어나고 있는지 대충 짐작이 갔다.

자신과 똑같은 증상을 겪고 있었다. 처음 우민의 단편 소설과 수필, 그리고 시를 받아 들고 겪었던 현상.

'한번 읽기 시작하면 벗어나기가 힘들지… 이거 괜히 입장시에 배포했나.'

밤잠을 쫓아내며 편집을 진행한 건 오로지 일에 대한 열정 때문만이 아니었다.

첫 번째 문장을 읽는 순간 글이 자신을 꽁꽁 묶어버렸다. 억지로 눈을 떼려 했지만 결코 쉽지 않았다.

마치 손발이 밧줄에 묶여 버린 것처럼 꼼짝할 수 없었다. 그렇게 읽고, 읽다 지쳐 잠이 들었다. 깨어나자마자 바로 옆에 있던 우민의 글을 찾았다.

그렇게 피곤은 쌓여갔고, 다크 서클은 계속 길어져만 갔다. 최초 이런 현상을 겪었던 책은 '그래도 사랑한다'.

그 책을 읽었을 때보다 우민이 거는 마법은 한층 더 강력해졌다.

"3인 가족 한 달 최저 생계비의 일 년 치를 선인세 개념으로 지급할 예정입니다. 뿐만 아니라 잡지 판매를 위한 제반 비용을 제외한 대부분의 수익을 다시 작가분들께 분배할 것입니다."

이제는 절반을 넘어 3분의 2가량이 고개를 숙이고 창간호를 읽고 있었다. 사위가 조용해졌다. 도저히 설명을 계속해

나갈 수 있을 것 같지가 않았다.

"문학은 가난하다. 작가는 돈을 벌기 어렵다. 그런 편견들은 저희 잡지를 통해 타파될 것입니다."

이제는 대부분의 사람들이 고개를 숙인 채 자신의 말에 집중하질 않았다. 방혜리가 난감한 표정으로 우민이 앉아 있는 쪽을 보았다.

우민이 괜찮다며 가만히 고개를 끄덕였다. 방혜리가 재치 있게 말을 이었다.

"잠시 쉬는 시간을 가진 후 다시 시작하겠습니다."

자리에 앉아 있는 백여 명에 가까운 사람들이 방혜리의 말에도 그저 창간호만을 읽고 있었다. 스크린을 통해 행사를 지켜보고 있는 다른 홀 쪽 상황도 마찬가지였다.

행사는 순식간에 독서회로 바뀌어 버렸다.


*           *           *


행사장이 조용해지는 작은 소란이 있었지만 마무리는 깔끔히 끝이 났다. 모두가 자리를 떠나고 텅 빈 자리에 우민이 오랜만에 만난 쿠에시 아난과 앉아 있었다.

어색해하는 쿠에시를 대신해 우민이 먼저 입을 열었다.

"정말 올 줄은 몰랐다."

쿠에시가 우민이 보낸 초청장을 흔들며 말했다.

"당연히 와야지. 이렇게 초청장까지 보내줬는데."

"이럴 거였으면 좀 더 일찍 부를 걸 그랬나."

"네게 사과할 날을 언제나 기다리고 있었다."

우민이 코끝을 스윽 문질렀다.

"사과는 무슨."

"미안하다. 과거의 내 실수들, 늦었지만 정식으로 사과하고
싶어."

쿠에시가 고개를 숙이자 우민이 얼른 팔을 잡았다.

"이러지 마. 내가 더 부담스러우니까."

"아니다. 어린 시절의 치기 어린 마음을 얼마나 후회했는지
너는 모를 거야."

우민이 아련한 눈빛으로 쿠에시를 보았다. 처음으로 하는
외국 생활을 그와 함께하며 수많은 사건 사고를 겪었다.

벌써 10여 년이 다 되어가는 일들이어서일까. 이제는 가끔
기억나는 추억에 불과했다.

"이미 다 잊었어. 그렇게 끌어안고 있지 않아도 돼."

쿠에시가 입술을 꽉 깨문 채 숙이고 있던 고개를 들었다.

언제나 그랬던 것 같았다. 그는 자신의 모든 것을 포용하려
했다. 이제는 자신이 도움이 되고 싶었다.

"잡지 관련된 건 나도 최선을 다해 도울 테니까 앞으로도

부탁할 게 있으면 바로 알려줘."

우민이 고개를 끄덕였다.

"고맙다. 이렇게 와줘서."

"하하, 고맙기는. 내가 널 모르냐. 사실 내 도움은 필요 없지?"

"하하하."

우민도 웃었다. 쿠에시의 말대로 그의 도움이 절실하지는 않았다. 그저 과거의 추억 한 부분을 차지하고 있는 검은색이 옅어지길 바라는 마음에 초청장을 보냈다.

다행히 그는 응했고, 검게 칠해져 있던 추억은 밝은 색으로 변했다.

어느새 다가온 손석민도 쿠에시와 오랜만에 인사를 나누었다. 그렇게 회포가 끝나고 손석민이 우민에게 말했다.

"서점에 다 깔았다."

"네. 수고 많으셨어요."

쿠에시가 손석민을 보며 의미심장하게 웃었다.

"저도 읽어봤는데 우민이 아주 작정하고 썼던데요?"

"하하, 그래서 나도 걱정이야."

"네?"

"잡지가 너무 많이 팔려서 회사 일이 많아질까 봐."

쿠에시는 어색하게 웃어 보였고, 피식거리며 입꼬리를 올리던 우민이 핀잔을 주었다.

"아재 개그는 발전이 없네요……."

손석민이 분위기를 바꾸기 위해 두어 번 박수를 치며 말했다.

"짝! 자, 가자. 가서 저녁 먹어야지."

자리에서 일어난 셋이 홀을 나갔다.


*            *            *


행사가 끝나는 시기에 맞춰 잡지는 전국 서점에 진열되었다. 판매용은 비닐로 싸여 있어 뜯어볼 수가 없었다. 그러나 견본품으로 놓여 있는 잡지는 누구나 쉽게 읽어볼 수 있게 껍질이 제거되어 있었다.

잡지는 먼저 표지 디자인으로 사람들의 시선을 사로잡았다. 일반 책에서는 볼 수 없는 묘한 디자인으로 소유욕을 불러일으켰다.

그렇게 발걸음을 멈추게 만든 잡지를 보기 위해 사람들은 견본품을 읽어나갔다. 첫 문장을 시작하면 브레이크가 고장 난 자동차가 되어버렸다.

도저히 손에서 내려놓을 수가 없는지 그 자리에 선 채 잡지에서 눈을 떼지 못했다.

그러나 견본품은 한정되어 있었다. 다른 고객들은 직원들에게 항의를 했고, 아예 옆에서 직원이 안내를 해야 할 지경이었다.

"고객님, 다른 고객님들도 견본품을 보고 싶어 하셔서요. 죄송하지만 양보해 주실 수 있을까요?"

그렇게 해도 안 되자 아예 옆에 문구를 하나 붙여놓았다.

(다른 고객님들을 위해 5분 이상 구독은 지양해 주시기 바랍니다.)

그러나 이런 문구도 소용이 없었다. 잡지를 읽다 보면 5분은 순식간이다. 간혹 오 분이 지나지 않았다며 소리를 지르는 고객들도 있었다.

그 사람들에게 시계를 보여주면 민망한 듯 머리를 긁적이며 잡지를 한 권 들고 자리를 피했다.

잡지가 날개 돋친 듯 팔려 나가는 건 당연한 일.

이건 한국 서점에서만 벌어지는 현상은 아니었다. 중국, 일본, 미국, 유럽, 남미, 아프리카 등등 잡지가 출간되어 있는 곳이라면 어디든 비슷한 현상이 벌어지고 있었다.

\*          \*          \*

W 출판사 월간 이우민 전담 팀.

직원들이 전화기를 붙잡고 씨름을 하고 있었다.

"거기 문우 인쇄소죠? 이번에 잡지 초판 중쇄하려고 하는데 몇 부까지 가능합니까?"

—저희야 얼마든지 가능합니다.

"당장 내일까지 만 부 되나요?"

—아… 만 부는 좀……

"그러면 최대한 맞춰줄 수 있는 양을 말해주세요."

—당장 내일까지면 천 부 가능합니다.

"네. 그러면 일단 그렇게 해주세요. 결제는 바로 진행할 테니까 계좌번호 남겨주시고요."

전화를 끊은 직원이 또 다른 인쇄소에 연락을 돌렸다. 다른 직원들도 상황은 마찬가지였다.

"거기 장안 인쇄소죠. 저희가 잡지 증쇄를 진행하려고 하는데요."

"안녕하세요. 여기 W 출판사입니다."

"W 최인성 대리입니다."

여기저기 인쇄소에 전화를 돌리며 잡지 증쇄를 요청하는 중이었다.

그렇게 한동안 전화를 돌리며 업무에 매진하던 방혜리가

수화기를 내려놓고 의자 깊숙이 몸을 묻었다.

"아, 이거 이렇게까지 팔릴 줄 알았으면 처음부터 한 백만 부 인쇄할 걸 그랬나."

"백만 부씩 팔리는 잡지가 없었으니 할 수 없죠."

"그러게… 몇 번이나 과거에 얽매이지 말고 우민 작가님이 만들어내는 역사를 따라가자 생각했는데……."

"그래서 50만 부나 준비한 거 아니겠습니까."

옆 직원의 위로도 소용이 없었다. 방혜리는 그저 아쉬움이 가득한 눈길로 빌딩 바깥으로 보이는 야경을 바라보았다.

"50만 부나 팔린 잡지가 없었다는 사실에 얽매여서 더 큰 기록을 세울 수 있는 기회를 잃어버렸어."

"어차피 매월 출간되는 잡진데, 다음 달에 그 정도 양을 준비하면 되지 않을까요."

"다음 달에 그렇게까지 팔릴까……."

"저는 더 많이 팔릴 거라고 봅니다."

"나도 우민 작가님 글만 실리면 그렇게 될 거라 보는데… 다음 달부터는 이미 알다시피 작가님 글만 실리는 게 아니라서……."

"뭐, 팀장님 걱정도 이해는 가지만… 일단 내일 출고될 물량부터 다시 한번 체크해야 할 것 같습니다."

방혜리가 고개를 끄덕였다. 서점의 증쇄 요청을 받아 인쇄소를 전전하느라 전화기는 마치 불이 난 것처럼 울리고 있는 중이었다.


다음 날.

새벽까지 업무에 매진한 끝에 출근 시간이 다 되어서야 잠에서 깨어날 수 있었다. 겨우 잠을 털어버리고 씻은 후 옷을 챙겨 입었다.

아침밥은 언제든지 회사 구내식당을 이용하면 된다. 회사가 제공하는 복지 중 하나였다.

"휴우……."

지친 몸을 이끌고, 집을 나와 지하철에 올라탔다. 집이 있는 도곡역에서 회사가 위치한 신사역까지는 7 정거장 정도. 그리 멀지 않은 거리였다.


—이번 역은 매봉, 매봉역입니다. 내리실 문은 왼쪽입니다.


손잡이를 잡은 채 지그시 눈을 감고 있던 방혜리가 안내 소리에서 화들짝 놀라며 선잠에서 깨어났다.

"아, 아니구나. 휴우."

목을 주무르고 고개를 휘저어 보았다. 그제야 조금씩 정신이 돌아왔고 지하철 내에 앉아 있는 사람들이 눈에 들어왔다.

'어, 우리 잡지네. 헤헷.'

자리에 앉아 있던 사람들이 자신이 편집장으로 있는 잡지를 보고 있었다.

왠지 모를 뿌듯함이 밀려왔다.


─출입문 열립니다.


다시 안내음이 열리고, 출입문이 열리며 지하철 내의 혼잡함을 더했다. 순간 자리에 앉아 잡지를 읽던 사람이 황급히 출입문 쪽으로 달렸다.

"아… 씨, 놓쳤다."

내려야 할 역을 놓친 여자가 난감해하며 출입문 쪽에 서 있었다. 그 순간 또 다른 남자 한 명이 출입문 쪽으로 달려왔다.

"내려야 되는데……."

남자도 내려야 할 역을 놓친 듯 허둥지둥거렸지만 이미 닫혀 있는 출입문은 열리지 않았다. 방혜리는 그 둘을 보며 흐뭇한 미소를 지을 뿐이었다.

'우리 잡지를 한 번 보면 저럴 수밖에 없지.'

뿌듯함이 밀려오며 몸을 잠식하고 있던 피곤함이 날아갔다. 신사역까지 가는 동안 그렇게 내릴 역을 놓친 사람은 자신이 확인한 것만 수십 명에 달했다.

삑.

지하철에서 내린 방혜리가 교통카드를 찍고 개찰구를 나왔
다.

쿵.

나오자마자 한 남자가 부딪쳐 왔다.

"앗."

뾰족한 비명을 지르며 미간을 찡그렸다. 부딪친 남자가 미
안함에 연신 고개를 숙였다.

"죄송합니다. 죄송합니다."

깊게 숨을 들이마시며 한마디 하려던 방혜리가 바닥에 떨
어져 있는 잡지를 보았다.

〈월간 이우민〉

"아, 아니에요."

방혜리가 어색하게 웃으며 괜찮다는 제스처를 취했다. 미안
함에 어쩔 줄을 몰라 하던 남자가 그제야 바닥에 떨어져 있
던 잡지를 집어 들고는 신주단지 모시듯 먼지를 털어냈다.

"정말 죄송합니다."

"괜찮습니다."

잡지를 보는 순간 솟아오르던 화가 눈 녹듯 사라져 버렸다. 더구나 사과를 마친 남자는 다시 잡지를 펼쳐 들고는 읽으며 걷기 시작했다.

'이 정도면 메가 히트는 넘겠는데.'

아직은 대부분의 사람들이 핸드폰을 보고 있었지만 드물지 않게 책을 손에 든 사람들이 보였다.

그리고 그 책은 하나같이 W 출판사에서 출간한 '월간 이우민'. 그 잡지였다.


1층 사내 카페에서 커피를 한 잔 집어 든 방혜리는 의자에 앉지도 못한 채 회의실로 직행해야 했다.

"크, 큰일 났습니다. 편집장님."

직원의 표정은 울 듯 말 듯 애매모호했다. 하지만 표정에서 드러난 다급함만은 진짜였다.

"무슨 일인데요?"

직원은 대답 대신 N포털에 올라온 뉴스를 모니터에 띄웠다.


<오늘의 사건 사고>
<횡단보도 접촉 사고 원인은 한 권의 잡지>
<신도림행 지하철. 문 끼임 사고로 한 시간가량 운행 정지>

**〈쌍방과실로 벌어진 시내 한복판 난투극 현장〉**

비슷한 종류의 사건들이 빼곡하게 뉴스난을 채우고 있었다. 뉴스를 보자마자 자신이 아침에 보았던 풍경들이 오버랩되었다.

"그러니까… 잡지 보는 데 정신이 팔려 횡단보도에서 사고가 나고, 지하철 문에 끼이고, 서로 부딪쳐 싸움이 일어났다… 이 말이 하고 싶으신 겁니까?"

빠른 대답에 직원이 열렬히 고개를 끄덕였다.

"한두 건이면 그저 단순한 해프닝으로 끝날 텐데 벌써 수십 건이 일어났습니다. 이러다가 저희 잡지가 무슨 흉기나 마약 취급을 받게 생겼어요."

"설마 그 정도까지야……."

"그렇게 되면 좋겠지만 어제 발간된 잡지 때문에 오늘 아침에 벌어진 사고만 해도 수십 건이 넘어가니까요."

방혜리도 처음 겪어보는 일에 대답을 하지 못하고 그저 침음성만 삼켰다.

"흐음……."

"물론 잘못이야 부주의한 시민들에게 있다지만 자칫 저희쪽에도 비난의 화살이 쏘아질 수도 있지 않을까요? 미리 대비를 해서 나쁠 건 없다고 봅니다."

"성급한 대응이 오히려 잘못을 인정하는 것처럼 비춰질 수도 있어요."

직원도 갈피를 잡지 못하고 새롭게 올라오는 뉴스를 확인하며 한숨만 푹푹 내쉬었다.

"으으, 이거 잡지가 너무 재밌어도 문제가 되다니. 이런 게 가능이나 한 일입니까?"

방혜리도 뭐라 답해줄 말이 없었다.

자신도 우민이 보내준 단편 소설에 빠져 며칠간 회사에서 생활하다시피 했다. 길을 가다가, 대중교통을 이용하다가 책을 본다면 충분히 저런 일이 생길 수도 있을 것 같았다.

"작가님께 알려 드려야 하지 않을까요?"

"뭐, 말해 드리지 않아도 이미 아실 겁니다."

"으으, 이거 이러다 정말 사람 한 명 크게 다치기라도 하면……."

직원의 오두방정에 방혜리의 표정도 굳어졌다. 만약 그렇게 된다면 정말 큰일이 벌어지는 것이다.

'작가님, 왜 이렇게 글을 재밌게 쓰신 겁니까.'

너무 재밌게 써도 문제였다. 방혜리는 난생처음 경험하는 일에 대한 방안을 찾기 위해 고심에 고심을 거듭했다.

\*　　　　　\*　　　　　\*

&lt;한 번 보면 멈출 수 없는 잡지&gt;

&lt;신종 마약 '월간 이우민'&gt;

&lt;안 본 사람은 있어도 한 번만 본 사람은 없다&gt;

&lt;대한민국, 이우민에게 빠져들다&gt;

&lt;지하철 풍경이 변하다. 핸드폰에서 잡지로&gt;

&lt;OECD 평균 독서량을 넘어선 한국. 이우민 착시 효과&gt;


각종 사건 사고가 일어날 만큼 잡지는 누구도 상상하지 못했던 인기를 구가했다. 초판 50만 부는 서점에 전시된 당일 전부 소진되었고, 100만 부까지 팔리는 데 일주일도 걸리지 않았다.

100만.

200만.

300만.

숫자는 마치 폭주 기관차처럼 늘어나기만 했다. 그 기세는 줄어들기는커녕 오히려 늘어나기만 했다. 시야를 해외까지 넓히면 판매 부수는 배를 넘어섰다.

대략 집계된 수치만 천만.

잡지 한 부 가격이 만오천 원이니, 단숨에 천오백억이라는 매출을 일으킨 것이다.

W 출판사와의 계약에 따라 매출의 25% 정도가 우민의 수입으로 지급된다. 그렇게 치면 자그마치 370억의 수입이다.

　문제는 그 수입이 앞으로 더 늘어날 것 같다는 점이었다. 세금 문제로 우민을 찾은 세무사는 그저 입을 떡 벌린 채 아무 말도 하지 못했다.

　"예전과 똑같이 처리해 주세요. 경비 사용은 하지 않는 걸로, 38% 그대로 다 내겠습니다."

　우민의 담대한 말에 세무사는 말을 더듬었다.

　"자, 작가님. 이, 이번에는 영화 수입에 원작 판매 수입까지 들어오시는 걸 생각하셔야 합니다. 그걸 다 기존처럼 신고를 하게 되면 일이백억 수준이 아닙니다. 지금 뽑아본 수치로 보면 세금만 3천억 넘게 내야 할 겁니다."

　"그렇게 하면 되죠. 뭐, 문제 있습니까?"

　"……."

　세무사는 아예 입을 닫아버렸다. 한겨울이었지만 이마에서 식은땀 한 방울이 또르륵 흘러내렸다.

　"그래도 약간 아쉽기는 하네요. 3천억이라니, 한 1조 내고 싶었는데."

　세무사는 자신이 잘못 들었다고 생각했다. 반사적으로 되물었다.

　"네, 네?"

"1조쯤 돼야 언론에도 나오고, 사람들의 관심이 저에게 쏠리고, 그러면 다시 책이 팔리고. 선순환이 되잖아요."

"아……."

겉으로는 별말 하지 않고 있었지만 속으로는 비명을 질렀다.

'사, 삼천억도 엄청난 거라고요!'

그러나 이어진 우민의 말에 세무사는 결국 비명을 지를 수밖에 없었다.

"내년에는 1조를 내도록 노력해 보죠."

"자, 작가님. 사, 삼천억만으로도 충분히 언론에 나오고, 사람들의 관심을 끌 겁니다. 이 정도면 우리가 이름을 알 법한 대기업의 법인세 규모니까요."

"하하, 그럼 이제 저도 걸어 다니는 대기업이 된 건가요? 이거 저도 좋고, 세무사님도 좋고, 국가 경제에도 이바지하고 일석삼조 아닙니까."

"……."

그저 대화를 하고 있을 뿐인데 오른손이 덜덜 떨리기 시작했다.

세금만 삼천억이라니. 유래가 없는 일이었다. 가장 많은 세금을 내는 기업이 한 해 법인세로 3조 정도를 낸다. 이름만 들어도 알 만한 대기업은 4천에서 5천 사이의 법인세를 내는 경우가 수두룩했다.

그런데 개인이 삼천 억을 낸다? 우민의 말대로 가히 대기업에 버금가는 금액이었다.

"말도 안 돼……."

이번에는 우민이 되물었다.

"네?"

"삼천억도 말이 안 되는 금액인데 앞으로 1조라니… 1조, 1조……."

세무사는 멍하니 같은 말만 되풀이했다.

일조.

일조.

우민은 그저 태연하게 앉아 있을 뿐이었다.


＊          ＊          ＊


다행히 시민이 크게 다치는 사고는 발생하지 않았다. 대신 뉴스는 다른 것에 집중했다.

400,000,000,000.

붙어 있는 0만 11개. 앞에 쓰인 숫자가 4.

사천억.

20억대를 호가하는 압구정 현대 아파트를 150채 사고도 천억 정도가 남는다. 5월 개인 사업자들의 종합 소득세 신고 시 우민이 내야 할 세금 규모였다.

담당 공무원이 미친 척하고 공개하거나 국세청 보안이 뚫려 해킹당하지 않는 이상 개인의 세금 관련 내용이 언론에 흘러 나갈 수는 없다. 방법은 하나. 본인이 직접 공개하는 것이다.

"이 정도면 될까요?"

마치 방혜리의 고민을 미리 알고 있기라도 한 듯 우민이 말했다.

"……"

이제는 놀랄 힘도 남아 있지 않았다.

세금이 사천억? 도대체 수입이 얼마인지 상상도 되지 않았다. 방혜리가 걱정했던 것들은 뉴스의 자투리 칸도 차지하지 못했다.

"편집장님께 걱정거리가 하나 생겼다고 아저씨가 그러더라고요. 그래서 제가 나서야 할 때라고 생각했습니다. 어차피 공개를 하려 생각 중이기도 했고요."

떡 벌어진 방혜리가 입을 다물지 못한 채 진심 궁금한 표정으로 물었다.

"그, 그, 그런데 정말 사천억을 세금으로 내시는 건가요?"

"언론에 나와 있는 그대로예요. 설마 제가 거짓말을 하고 있다고 생각하시는 건 아니죠?"

"그런 건 아니지만… 도무지 믿기지가 않아서……."

"제가 어떤 스타일인지 이쯤이면 편집장님도 아실 때가 된 것 같은데……."

방혜리가 자신도 모르게 고개를 끄덕였다.

이우민.

그가 어떤 스타일인지 정확한 단어가 생각나진 않았지만 온몸으로 느껴지는 게 있었다.

불가능을 가능케 하는 사람.

언빌리버블의 대명사.

그가 했던 일들 중에 뭐 하나 상식선에서 통용되는 일이 있었던가.

없었다.

"사실 저도 약간 걱정을 하고 있었어요. 이번에 글을 쓸 때 그 부분에 신경을 많이 썼거든요. 완벽한 몰입, 하이퍼 리얼리즘을 넘어서는 세계를 그렸어요. 혹시나 이런 상황이 생길 것 같은 느낌이 들었는데… 역시나였어요."

"아……."

"사실 더 큰 사고가 나지 않을까도 생각했었는데 다행히 그렇게까지 사건이 벌어지지는 않더군요. 편집장님도 보셔서 아시겠지만 제 글이 한번 보기 시작하면 빠져나오기 힘드니까요."

"그러면 이런 사건이 벌어질 거라는 걸 전부 예상했다는 말씀이신가요?"

"앞으로가 더 문제예요. '그래도 사랑한다'에서는 그나마 약간의 여지를 두었지만 이번에는 정말 온 힘을 다해 제 글에 중독시키기 위해 노력했어요. 독자들이 책 속에 갇혀 빠져나오지 못하도록 만들었습니다."

마치 잘난 척하는 것처럼 들릴 수도 있는 말이었다. 방혜리가 얼떨떨해하며 대답했다.

"독자들이 작가님 글을 그만큼 재밌게 본다는 뜻이니까… 그러면 좋은 거 아닌가요……."

"중독 다음에 일어나는 현상. 마약이 금지되는 이유도 그것 때문이니까요."

"금단 현상?"

이번에는 우민이 고개를 끄덕였다.

"당분간 제 세금 관련 뉴스 때문에 이슈화가 안 될 테지만, 분명 금단 증상으로 힘들어하는 사람들이 나올 겁니다."

"작가님 글을 읽지 못해서 나타나는 금단 증상이라면……."

"저희에게는 좋은 일이 되겠죠. 제 전작들을 사서 볼 테니까."

"아… 그러면 문제 될 게 전혀 없는 거 아닌가요?"

"하루 종일 책만 본다는 게 문제가 될 겁니다. 제가 이때까지 출판한 책들을 전부 다 보기 전까지는 손에서 책을 놓지 못할 테니까요."

방혜리는 여전히 잘 이해하지 못했다. 전작들을 사 보고 책에서 손을 놓지 못하면 출판사에도, 우민 개인에게도 좋은 일이라는 생각밖에 들지 않았다.

우민은 이해하지 못하는 방혜리를 위해 자세한 설명을 덧붙였다.

"학생들은 등교를 해야 하고, 직장인들은 출근을 해야 합니다. 그래야 학교, 회사가 돌아가고 사회가 움직입니다. 그런데 이 모든 것들이 멈춘다면?"

우민의 가정에 방혜리는 순간 코웃음을 칠 뻔했다.

자신도 물론 우민의 팬으로서 그를 높이 평가하고 있다. 그런데 이건 좀 해도 너무한 것 같았다. 한 사람 때문에 한 나라의 사회가 멈출 수 있다는 걸 누가 상상이나 할까.

빠르게 그런 눈치를 잡아낸 우민이 말을 이었다.

"한번 두고 보죠. 어떻게 될지."

"아니, 저는 그런 뜻이 아니라……."

"하하, 아니요. 이해합니다. 편집장님이야 당연한 반응이죠."

순간 회의실의 문이 열리고 직원 한 명이 들어왔다.

"편집장님, 지금 박 대리가 연락이 안 됩니다. 이럴 사람이 아닌데……."

"네?"

"혼자 사는 놈이라 혹시나 무슨 일이 생긴 건 아닌지 걱정이 돼서요. 근래 야근도 많이 해서 몸에 무리라도 갔다면……."

"전화 연결 자체가 안 되나요?"

"네. 그래서 집에 한번 찾아가 봐야 할 것 같습니다."

우민이 살며시 미소 지으며 방혜리를 보았다.

"벌써 시작됐나."

자리에서 일어난 방혜리가 직원에게 말했다.

"같이, 같이 가보죠."


집은 그리 멀지 않았다.

우민이 사들인 가로수길 블록 다세대주택의 한 원룸에서 박 대리가 살고 있었다. 도착한 일행은 바로 입구에 위치한 벨을 눌렀다.

신호음이 연결되는 소리는 들렸지만 도무지 받질 않았다. 그렇게 10여 분을 기다렸어도 소용이 없었다. 전화 통화 역시 되질 않았다.

"마스터키, 마스터키가 어디 있죠? 문을 따고 들어가야 할 것 같은데."

표정에서 다급함이 묻어났다. 지켜보던 우민이 관리자 비밀

번호를 입력했다. 그러자 로비 문이 열렸다. 엘리베이터를 타고 3층으로 간 일행은 다시 한번 현관문을 두드렸다. 그러나 문은 열리지 않았다.

쾅.

"박 대리! 박 대리 안에 있으면 문 좀 열어봐."

직원은 한 번 더 세차게 문을 두드렸다.

"박 대리!"

갑작스러운 소음에 옆집에서부터 위아래까지 밖으로 나와 상황을 지켜보았다.

그렇게 몇 분이 더 지나고 나서야 부스스한 머리에 퀭한 눈을 한 박 대리가 문을 열고 나왔다.

이미 낯빛에서부터 당황한 기색이 역력했다. 방혜리를 보자 연신 입술을 축이며 어찌할 바를 몰라 했다. 그런 박 대리를 보며 방혜리가 물었다.

"박 대리님, 제가 알고 있기로는 휴가가 아닌데 혹시 병가를 내신 겁니까?"

"아, 아니요."

"그러면 출근하지 못한 어떤 일신상의 사유가 있는지 물어봐도 될까요?"

"그게……."

박 대리는 이리저리 눈동자를 굴리며 최대한 변명을 생각해 내려 했다. 그런 모습에 방혜리가 쐐기를 박았다.

"솔직하게 말해도 됩니다. 질책하지 않을 거예요."

정신없이 눈치를 살피던 박 대리의 눈에 이우민이 들어왔다. 순간 원망스러운 기색이 살짝 스쳤다.

우민이 그 순간을 놓치지 않고 말했다.

"제 책을 보다가 늦은 게 제 탓은 아니니까요."

"마, 말씀대로입니다. 작가님 글을 읽다가 그만… 출근 시간을 잊어버렸습니다."

"……"

일순 직원이 당황한 표정으로 박 대리라는 사람을 보았다. 방혜리는 오히려 우민을 보았다.

우민이 어깨를 으쓱하는 것으로 대답을 대신했다.

＊　　　＊　　　＊

비슷한 현상이 나라 곳곳에서 벌어지고 있었다. 학교에 무단결석한 학생, 버스 기사, 회사원, 공무원 등등.

각계각층의 다양한 사람들이 무단으로 결근을 한 채 집 안에 틀어박혀 독서에 여념이 없었다.

학생들은 부모들이 학교로 내보낼 수 있다지만 박 대리처럼 혼자 사는 직장인들은 도와줄 수 있는 사람도 없는 상황.

무단결근 말고는 별다른 방법이 없었다.

"뭐야, 이 전임 이거 아직 출근 안 했어?"

"아, 그게 저⋯⋯."

"빨리 연락 안 해? 이 새끼가 미쳤나. 지금이 몇 신데."

"연락을 해도 안 받습니다."

"이 자식 오늘 고객사 미팅 자료 준비해 오는 날 아냐?"

"아, 맞네."

"업무 부담 때문에 도망친 거면⋯⋯."

남자는 생각할수록 화가 복받치는지 연신 상소리를 내뱉었다. 그래도 무단결근한 이 전임은 연락 두절이었다. 이러한 사태는 비단 이 회사에서만 벌어지는 일은 아니었다.


"황 기사, 출근 안 했어?"

"네. 집으로 전화를 해봐도 안 받습니다."

"이상한데⋯ 황 기사가 그럴 사람이 아닌데⋯⋯."

"4123번 버스 운행하려면 빨리 비번인 사람 불러야 합니다."

"휴우⋯ 이상해. 아무리 생각해도 이상해. 지각 한 번 안 한 사람인데⋯⋯."

"일단 버스 운행은 해야 하니까 비번부터 부르고 황학민 씨 집으로 사람 보내겠습니다."

직원의 말에 사장이 고개를 끄덕였다.

"그래, 그러는 게 좋겠어."

이내 직원 한 명이 황 기사라 불리는 사람의 집으로 출발했다. 다행히 집에는 부인으로 보이는 사람이 있었다. 단지 답답한 듯 가슴을 치며 방 쪽을 보고 있을 뿐이었다.

"아이고, 저 사람 좀 꺼내주세요. 도무지 나오질 않아요. 밥도 안 먹고 벌써 이틀째입니다."

당황한 직원이 부인을 위로하며 살며시 문을 열었다.

"저기 황학민 씨?"

황 기사는 책을 쌓아둔 채 정신없이 읽고 있었다. 퀭한 눈, 바짝 마른 입술은 그가 얼마나 오랜 시간 책을 보고 있었는지 알려주고 있었다.

부인은 이미 포기했는지 방에 들어오지도 못한 채 어이가 없다는 눈빛으로 보고만 있을 뿐이었다.

"저기요. 황학민 씨?"

직원이 다시 한번 불러보았지만 대답이 없었다. 그저 난감한 표정으로 사실 그대로를 보고할 수밖에 없었다.


중독.

뒤이어 발생한 금단 현상까지.

사회 곳곳에서 부작용이 발생했지만 크게 이슈화되지는 않았다.

4천억의 세금.

최초 우민이 발표한 세금의 규모에서 조금 더라고 하기에는, 애매한 4,500억이라는 세액이 최종 확정되어 세무서에 납부되었다는 소식이 언론을 통해 전해졌기 때문이다.

종합 소득세 신고일은 5월 1일.

우민은 첫날 세무서로 가 세액을 일시불로 납부했다.

4,500억이라는 액수면 분할 납부도 가능했다. 워낙 세액이 크다 보니 사전에 조율을 통해 납부 기한을 정할 수도 있었다.

그러나 우민은 일시불로 납부를 마쳤다.

그리고 세무서를 나오는 길. 가십거리를 넘어선 역사의 현장을 취재하기 위해 기자들이 진을 치고 있는 건 당연한 일이었다.

카메라 앞으로 나선 우민은 납부 영수증을 들고 있었다. 기자들의 카메라가 일제히 우민의 영수증을 클로즈업했다.

정확히는 451,231,113,400. 엄청난 숫자가 납부된 세금으로 찍혀 있었다. 개인이 대기업 법인세 수준의 종합 소득세를 납부했기 때문에 방송에서는 속보로 이 사건을 다루었다. 온 미디어가 우민이 납부한 세금에 집중했다.

"문학을 해도 성공할 수 있습니다. 작가가 돼도, 가난하지 않을 수 있습니다. 여기 지금 이것 보이십니까?"

우민은 일부러 영수증을 더 앞으로 내밀었다.

451,231,113,400.

사천오백십이억 삼천백십일만 삼천사백 원.

우민이 계속해서 몇 마디 말을 더 했지만 사람들의 눈에도 귀에도 들어오지 않았다.

오로지 우민이 내민 영수증이 사람들을 사로잡았다.

# 제5장
## 노벨 문학상

　사천억이라는 세금으로 세상을 떠들썩하게 만든 우민은 집으로 돌아와 책상 앞에 앉았다.

　"이제 거의 다 온 건가."

　창간호로 풀린 잡지는 순항 중이었고, 우민의 글은 세계 문학 흐름의 메인 스트림으로 자리 잡았다. 중독 뒤에 이어지는 금단 증상이 한국에서만 벌이지고 있는 건 아니었다. 만약 한국에서만 팔렸다면 4천억이라는 세금은 낼 수 없었을 것이다.

　"노벨 문학상."

　자신이 한국에서 떠나기 전에 했던 말.

노벨 문학상.

거기에 가까이 다가가고 있는 것 같은 강한 확신이 들었다.

"하이퍼 리얼리즘을 넘어선 다른 분류라는 말까지 들린다는 뜻은 내가 하나의 흐름을 만들었다는 말이니까."

문학계에 하나의 흐름을 만든다는 건 결코 쉬운 일이 아니었다. 제한주의, 통제주의, 독재 등등의 단어들이 평론가들 사이에서 오가고 있었지만 아직 명확한 하나의 단어로 표현되고 있지는 않았다.

우민이 책상 앞에 자리를 잡은 것도 그것 때문이었다.

"이번 작품으로 쐐기를 박아야지."

잡지에 자신의 이름을 붙인 것처럼, 우민은 자신이 만들어 낸 스타일에도 본인의 이름을 붙이고 싶었다. 감히 자신의 문학을 어떤 평론가가 평가한단 말인가?

"그렇게 되면 상은 따라올 테니까."

이제는 세계를 들썩이는 사람이 되었다. 한국 문학은 새로운 전기로 접어들고 있었고, 더불어 세계 문학도 한 단계 발전하고 있다는 평가가 줄을 잇고 있었다.

모두 이우민 그 덕분이었다.

예술과 문화가 발전하는 시기의 대부분은 관련 분야에 돈이 융통될 때였다. 문예 부흥기라 불리는 르네상스가 그랬다. 경제가 성장하고 먹고살 만해진 사람들은 한층 고차원적인 예술에 눈을 돌렸다.

시장이 생기고, 돈이 된다는 사실에 많은 사람들이 문학에 참여하며 신인 작가가 발굴되고, 더욱 많은 사람들이 몰리며 선순환을 이루었다.

선순환.

바로 우민이 만든 것이었다.

가파르게 성장하던 웹소설 시장만큼 문학 시장 역시 우민 덕분에 가파르게 상승 중이었다. 지금은 비록 우민 한 명이 차지하고 있는 파이가 크지만 낙수효과로 인해 다른 작가들에게 차차 따뜻한 온기가 퍼질 것이다. 그렇게 다양한 문학을 접한 대중들의 수준은 올라가고, 그 수준을 맞추기 위해 작가들이 노력하는 생태계를 만들었다.

"이 정도 했는데 안 준다면, 차라리 내가 거부한다."

우민은 잡지를 통해 세계 문학을 한 곳에서 볼 수 있는 장을 만들었다. 뿐만 아니라 이미 글을 통해 생명을 구하고, 적폐를 타파하고, 인종 차별의 불합리함을 널리 알렸다.

우민이 쌓은 업적이 작지 않았다. 작가의 업적이 상을 시상하는 기준이 되는 만큼 우민이 받아야 한다는 목소리도 적지 않게 흘러나오고 있는 중이었다.

"그럼 시작해 볼까."

모니터 앞에 앉은 우민이 타자를 쳐나가기 시작했다. 노벨

상을 받는 데 쐐기를 받을 만한 작품을 만들어낼 생각이었
다.

*　　　　*　　　　*

이미 예전부터 생각하고 있는 작품이 있었다.

제목, 어머니.

이 세상 어느 누구도 어머니가 존재하지 않는 사람은 없을
것이다.

생명이라는 것이 탄생하기 위해서 꼭 필요한 존재.

우민은 한 번쯤 어머니를 제목으로 글을 써보고 싶었다.

가난한 어린 시절부터 자신의 성공으로 부유한 생활을, 그
리고 재혼까지.

세상에서 가장 사랑하는 자신의 어머니가 겪은 삶의 굴곡
을 '글'이라는 걸 통해 기록으로 남겨보고 싶었다.

제목을 적은 우민은 거침없이 첫 문장을 적어나갔다.

세상에서 가장 사랑하는 첫 번째 존재.

어머니에게 바칩니다.

첫 문장을 쓰는 것만으로도 괜히 눈시울이 붉어졌다. 그대

로 두었다가는 볼을 타고 흘러내릴 것 같았기에 우민은 괜히 긴 한숨을 내쉬어 보았다. 그렇게 몇 번 숨을 고르고 나서야 울컥거리는 마음이 진정되었다.

우민은 어머니가 행복하게 웃던 그때의 기억을 떠올렸다.

—신부 박은영 입장.

박은영과 손석민의 결혼식.

자신의 눈치를 보는지 환하게 웃지는 못했지만 행복해하는 기분만은 감추지 못했다.

자신이 쓰고 있는 건 소설이었기에 그때의 기억 그대로를 담아내지는 않았다. 그러나 첫 장면은 같았다.

결혼식장.

재혼을 하는 어머니를 바라보는 아들의 모습.

환하게 웃고 있는 어머니의 표정과는 달리 아들은 영 탐탁지 않은 표정을 짓고 있었다.

어쩌면 자신의 마음 깊숙한 곳에 묻어두었던 또 다른 모습일지도 몰랐다.

"소설은 소설이니까."

우민은 소설이라는 말로 자신의 행위를 정당화시켰다.

누군가가 그랬다.

글은 대중들에게 보이기 위해 잘 포장된 작가의 배설물이다.

이 순간만큼.

우민은 그 말에 십분 공감하고 있는 중이었다.

결혼식 장면이 끝나고 다음 장면은 마트였다. 의자도 없는 계산대에서 캐셔 일을 하고 있는 모습을 그렸다.


하루 종일 서서 일했기에 집으로 돌아오면 장딴지가 팅팅 부어올랐다. 이제 중학교 2학년인 아들은 퇴근하고 들어오신 엄마는 본체만체 게임하는 데 여념이 없었다.

그러다 툭 내뱉는 말이 너무나 차가웠다.

"나 용돈 다 떨어졌어."

어머니는 익숙하다는 듯 꼬깃꼬깃하게 접혀진 오천 원짜리를 꺼내 건넸다.

"일주일치야. 아껴 써야 돼."

"알았다니까."

휙.

빠르게 낚아챈 아이는 다시 컴퓨터 게임에 열중했다.

"휴우."

얕은 한숨을 내쉰 어머니는 다시 연신 종아리를 문질렀다. 내일도 일을 하기 위해서는 단단하게 뭉친 종아리를 풀어야 했다.

우민은 거기까지 쓰고 잠시 타자를 멈추었다. 자신이 만들어내고 있는 싸가지 없는 아들의 모습에 화가 나 견딜 수가 없었다.

"세상에 정말로 저런 아들은 없겠지."

싸가지 없는 아들은 교통사고를 당해 두 다리를 잃게 되고, 어머니의 희생을 통해 장애를 극복하게 된다. 한 문장으로 표현될 수 있는 간단한 줄거리 속에 우민은 '인간'이라는 존재가 성장하는 과정을 녹여낼 생각이었다.

"휴우… 쓰면서 내가 다 화나네."

자신은 한 번도 저런 모습을 보인 적이 없었다. 다만 힘든 유년 시절을 보낼 때 아주 가끔씩 불쑥 튀어나오려 했던 기억은 있었다. 우민은 그때의 기억을 더듬어 나가며 캐릭터를 구체화시켜 나갔다.

자신의 경험에 상상력을 보태고, 누구도 따라 할 수 없는 필력을 더해 소설에 뼈대를 세우고, 살을 붙여 나갔다. 아침에 시작된 작업은 점심시간을 지나 저녁이 될 때까지 이어졌다. 핸드폰은 꺼둔 상태였고 문은 잠겨 있었다. 누구의 방해도 받지 않고 작업에 몰두할 수 있었다.

\*　　　　\*　　　　\*

—고객님의 전화기가 꺼져 있습니다.

—고객님의 전화기가 꺼져 있습니다.

—고객님의 전화기가 꺼져 있습니다.


하루 종일 연락을 취해봤지만 도대체 전화를 받질 않았다. 방혜리가 들고 있던 핸드폰을 내려놓으며 마주 앉아 있는 손석민에게 말했다.

"여전히 전화를 받질 않으시네요."

"하하, 차기작을 쓰고 있나 봅니다. 이 녀석이 집중해서 글쓸 때는 누구에게도 방해받지 않고 싶어 하거든요. 뭐, 방금 전에도 말씀드렸다시피 필요한 사람은 언제든지 충원해 주세요. 방 편집장님이 쓸데없는 사람을 뽑으시는 분은 아니니까요."

"아, 네. 감사합니다."

"앞으로 인사 문제뿐만이 아니라 대부분의 일은 편집장님의 재량으로 해결하시면 됩니다. 이제 굳이 저까지 찾아오지 않으셔도 돼요."

자신을 인정하겠다는 말. 이우민 작가에 이어 실질적인 사장님에게까지 인정을 받자 방혜리는 기분이 묘해졌다.

"아, 알겠습니다."

"우민이를 전담하려면 고생이 많을 겁니다. 물론 그에 따른 보상도 크겠지만요."

"아니에요. 즐겁게 일하고 있습니다."

"하하, 뭐 그렇다면 다행입니다. 편집장님이 일을 잘해주신 덕분에 이번에 출간된 잡지도 판매량이 벌써 1억 부가 넘었다고 들었어요."

"작가님께서 좋은 글을 써주셨기 때문에… 그런 결과가 나온 거라 생각합니다."

손석민은 굳이 부정하지 않은 채 말했다.

"물론 맞는 말입니다. 그러나 그 옆에서 보조해 주는 사람의 힘도 무시할 수는 없다는 거 잘 알고 있습니다."

거듭되는 칭찬에 방혜리는 몸 둘 바를 몰라 했다.

"가, 감사합니다."

"아시다시피, 우민이는 이제 겨우 20대 초반. 앞으로 작가로서 더 많은 기회를 잡을 수 있는 창창한 나이예요. 뭐, 아시겠지만 이제는 기회를 잡는 사람이 아니라 주는 사람이 되긴 했지만요."

오늘따라 손석민의 말이 길었다. 뭔가 하고 싶은 말이 있는 눈치였다. 방혜리는 대답하지 않은 채 손석민의 말에 귀를 기울였다.

"아마 이번에 쓰고 있는 작품으로 노벨상을 노리는 것 같아요. 그렇게 되면 더 많은 사람들이 우민을 바라볼 것이고, 주변에 많은 사람들이 꼬이게 될 겁니다."

손석민이 무슨 말을 하고 싶어 하는 것인지 서서히 감이 오기 시작했다.

"방 편집장님처럼 믿을 수 있는 사람이 많이 필요해요. 우민이는 매스컴 활동도 마다하지 않는 활동적인 작가입니다. 말도 안 되는 낭설들을 마치 사실인 양 포장해서 대중들을 현혹할 일이 많아질 겁니다."

"명심하겠습니다."

"사람들을 뽑을 때 그 기준만 지켜주세요."

손석민이 말한 건 최소한의 인사 지침. 방혜리도 큰 거부감 없이 받아들일 수 있는 것이었다.

인사 관련 보고가 끝났으니 다음 차례였다. 우민에 관련해서 말을 해야 할 게 아직 몇 가지가 남아 있었다.

"그리고 말씀드릴 게, 이번 아카데미 시상식 참가 건 말인데요."

방혜리가 입을 열자마자 손석민이 빠르게 대답했다.

"방 팀장에게 전권이 있으니까 알아서 하세요."

"네?"

"앞서 말씀드렸다시피 우민이 관련된 일을 저에게 하나하나 보고할 필요 없습니다. 이제는 방 팀장님께 전권이 있는 거예요. 보다시피 저는 여기 일만으로도 바빠서……."

그러고 보니 손석민도 꽤나 피곤해 보였다. 회장이라는 자리는 그저 사인이나 하고 사람들이나 만나면 되는 자리인 줄 알았다. 그러나 책상 위에 쌓여 있는 서류 뭉치를 보니 그런 생각이 단숨에 사라졌다.

"무슨 말씀이신지 알겠습니다."

"아카데미 시상식 참가는 시작에 불과할 겁니다. 잡지는 규모가 더 커질 테고 곧 노벨상 시상식에도 참가할 겁니다. 앞으로도 잘 부탁드려요."

뭔가 자신에게 떠넘기는 듯한 뉘앙스를 받았지만 방혜리는 고개를 흔들며 털어냈다.

인사를 마치고 회장실을 나와 주차장으로 내려갔다. 차에 올라타 핸드폰을 확인해 보니 우민 작가에게서 메일이 한 통 도착해 있었다.

"뭐지, 설마……."

확인해 보니 아직 퇴고까지 하지는 않았다는 글이었다.

제목은 어머니. 한번 읽어보라는 간략한 설명도 덧붙어 있었다. 정말 손석민의 말대로 차기작이 도착한 것이다.

"인력을 빨리 뽑아야겠어……."

벌써 자신의 밑에 있는 팀원이 15명.

그러나 이우민 작가가 글을 뽑아내는 속도에 비하면 턱없이 부족하다고만 느껴졌다.

✳      ✳      ✳

방혜리는 차를 출발시킬 생각도 하지 못한 채 핸드폰 화면으로 정신없이 글을 읽어나갔다.

사람을 중독시키는 힘은 한층 더 강해져 있었다. 도저히 눈을 뗄 수 없게 만들었다.

거기에 양념처럼 뿌려진 감동은 방혜리로 하여금 한 단어를 읊조리게 만들었다.

"엄마……."

거의 2시간 동안을 꼼짝 없이 차에 앉아 글만 읽었다.

자신에게도 엄마가 있다. 그저 단어 하나만으로도 애틋함에 눈시울이 붉어졌다. 방혜리는 우민이 보낸 글에 나오는 발단, 전개, 위기, 절정, 결말에 따라 시시각각 요동치는 감정을 가까스로 추슬렀다.

읽기 전부터 단단히 마음을 먹지 않았다면 그 자리에서 목놓아 울어버렸을 가능성이 농후했다. 만약 자신이 우민의 글을 수십, 수백 번 읽어보며 면역력이 쌓이지 않았다면 참을 수 없었을 것이다.

작은 핸드폰 화면이라 단어 하나하나 자세히 음미하며 읽지는 않고, 슬라이드를 해가며 빠르게 읽어 내려갔다.

"언제 또 이런 글을 쓰신 거야……."

워드 앱으로 확인해 보니 거의 300페이지에 다다르는 장편 소설.

정말 우민이 글을 써내는 속도는 경이로울 정도였다.

"이번에도 코멘트 달려면 밤 좀 새워야겠네."

벌써부터 가슴이 두근거리기 시작했다. 이번에는 또 얼마나 많이 팔릴지 예측조차 되지 않았다.

그 순간.

띵동 하는 알람과 함께 새로운 문자가 한 통 도착했다.

확인해 보니 이우민 작가가 보낸 문자.


—보시고 코멘트 달아주세요.


간단한 내용이었지만 방혜리는 긴장감을 감추지 못했다. 산더미처럼 쌓여 있는 일에 한 가지가 더해졌다. 지금 감동에 빠져 허우적거릴 때가 아니었다. 방혜리는 황급히 차를 몰아 사무실로 향했다.


＊          ＊          ＊

우민이 카타리나의 머리칼을 가지고 손장난을 쳤다. 부드러운 머리칼의 감촉에 빠진 듯 오로지 머리칼 하나에만 집중하는 모습이었다.

그에 반해 카타리나는 A4 용지로 뽑혀진 우민의 글에서 눈을 떼지 못했다. 간간히 탄성을 터뜨리며 글을 보는 것이 여간 집중하는 게 아니었다.

우민의 장난질은 아무런 소용이 없었다.

"엄마……."

카타리나도 부모님이 생각나는지 조용히 엄마라는 단어를 읊조렸다. 방혜리와 비슷한 반응.

그러나 그다음이 조금 달랐다.

카타리나가 보고 있는 글은 우민이 1차 퇴고를 마친 글.

엄마를 읊조리던 카타리나의 두 눈에서 한 방울씩 물방울이 흘러내렸다. 놀란 우민이 급히 휴지로 눈물을 닦아주었다.

스윽.

그제야 카타리나가 잠시 글에서 눈을 뗐다.

"너, 너!"

"응?"

"알고는 있었지만 왜 이렇게 글을 잘 쓰는 거야!"

"하하, 어때? 괜찮아?"

"미칠 것 같아. 한 장씩 넘길 때마다 남은 내용이 얼마 남지 않았다는 생각에 글을 읽는 게 아까워 미칠 지경이야."

우민이 카타리나의 머리를 조심스럽게 쓰다듬었다.

"그러지 않아도 돼. 널 위해서라면 매일 써줄 수 있으니까."

카타리나의 눈이 초롱초롱하게 빛났다.

"정말?"

"하하, 당연하지."

말을 하던 우민이 기습적으로 카타리나의 볼에 입을 맞추었다. 우민의 적극적인 애정 공세에 기분이 좋아진 카타리나가 콧노래를 흥얼거리며 다시 눈을 돌렸다.

"우열을 가릴 수 없는 우민의 작품 중에서도 단연 최고야. 사실 떨어진 달도 재미는 있었지만 내 취향은 아니었어."

"다행이네. 우리 카타리나가 재밌게 읽어준다니."

"헤헤, 우민의 글이야 언제나 최고야. 뭐랄까, 이번 건 최고 중에 최고랄까?"

카타리나가 혀를 쏙 내밀며 마치 귀여운 강아지처럼 웃어 보였다. 우민이 귀엽다는 듯 다시 한번 머리를 쓰다듬었다.

"헤헷, 머리 말구우……."

카타리나가 살짝 몸을 비틀며 혀를 꼬았다. 단번에 신호를 알아들은 우민이 번개처럼 카타리나의 입술을 훔쳤다. 카타리나도 피하지 않고 오히려 적극적으로 마주쳐 갔다.

손에 들고 있던 글이 스르륵 바닥으로 떨어져 내렸다. 한낮 거실에 뜨거운 바람이 불어닥쳤다.

*　　　　*　　　　*

창간호가 역대급 판매량을 기록하며 순풍에 돛 단 듯 팔려 나갈수록 편집 팀의 부담감은 더해졌다. 차월호에서는 더 많은 양을 팔아야 한다는 생각에, 올라와 있는 글들을 끝없이 검토하고, 최종적으로 심사 위원들에 의해 선정된 몇몇 글에 대해서는 단 한 글자의 오탈자도 허용하지 않겠다는 생각으로 집중했다.

방혜리는 그런 팀원들에게 차마 이우민 작가가 또 하나의 글을 보내왔다는 사실을 말할 수 없었다.

사무실로 들어온 방혜리는 가장 먼저 인력 충원 상황을 물었다.

"최 대리, 이번에 인력 충원 요청 어떻게 됐어?"

"인사 팀에서 10명 정도 면접 보시라고 이력서 보냈다 합니다."

"거기에 10명 정도 더 필요하다고 말해."

"네?"

"아니, 아니지. 10명 같은 한 명 필요하다고, 연봉은 신경 쓰지 말고 뽑아달라고 전해줘."

그 말을 남기고 편집장실로 들어간 방혜리가 우민이 새롭게 보내온 글을 노트북에 띄웠다.

차를 타고 오는 내내 한 가지 생각밖에 들지 않았다.

어떤 코멘트를 보내야 하나.

지금까지 우민이 보낸 글을 수도 없이 읽은 이유이기도 했다. 완벽하다는 말로도 부족했다. 마치 신이 써 내려간 듯한 글에 방혜리는 쉽게 코멘트를 달 수 없었다.

그랬기에 몇 날 며칠을 고민 또 고민하여 겨우 몇 문장의 코멘트를 만들어낼 수 있었다. 다행히 그런 말들이 우민의 인정을 받아 이 자리까지 올라왔다.

연봉에 대한 만족이나 자리에 대한 집착보다는 우민의 인정이 주는 보람이 가장 컸다. 그를 실망시키고 싶지 않았다.

"아이는 엄마를 본체만체했다."

방혜리는 소리 내어 글을 읽어나갔다. 자신이 가진 노하우 중 하나였다. 이렇게 소리 내어 읽다 보면 글이 새롭게 다가오고, 놓친 부분을 발견할 가능성도 커졌다.

우민이 보낸 글을 프린트로 뽑아 든 방혜리가 이번에는 자리에서 일어났다.

"그러나 엄마의 시선은 항상 한 곳에 고정되어 있었다."

글을 읽으며 5평 남짓 되는 편집장실 내부를 걸어 다녔다. 커다란 사무실로 옮기고 나서 가장 좋아진 점 중 하나였다.

개인이 차지하고 있는 공간이 극대화됐다.

한참을 그렇게 돌아다니며 글을 읽던 방혜리가 이번에는 다시 자리에 앉았다. 다리에 힘이 풀려 도저히 걸어 다닐 힘을 잃었기 때문이다.

흘러내린 눈물에 마스카라가 번져 볼품없이 변해 버렸지만 신경 쓰지 않았다. 입술에 닿은 물기에서 짭짜름한 맛이 느껴졌지만 휴지로 닦아낼 생각조차 하지 못했다.

울면서 읽었다.

흐느끼는 정도가 아니라 닭똥만 한 눈물을 펑펑 쏟아냈다. 함께 나온 콧물이 턱 밑으로 길게 늘어졌다.

똑똑똑.

노크를 한 최 대리가 사무실 안으로 들어섰다가 놀라며 급히 문을 닫고 나갔다. 방혜리는 그러거나 말거나 신경도 쓰지 않았다. 그저 눈앞에 놓인 글에 정신이 팔려 있었다.

*          *          *

초판 1,000만 부.

방혜리의 결정에 몇몇 직원들이 깊은 우려를 표했지만 손석민에게 전권을 부여받았기에 그녀를 막을 사람은 출판사 내에 아무도 없었다.

몇몇 임원급 직원들이 막으려 했지만 방혜리는 통계 자료를 들이대며 반박했다.

"이우민 작가님의 작품 중에 천만 부 이하로 팔린 작품이 있다면 말씀해 보십시오."

임원들은 아무런 대답도 하지 못했다. 이미 데이터로 증명되어 있는 사실이었다. 출판을 결정하고, 관련 진행 상황을 듣던 우민도 감탄했다.

"초판 천만 부라니 편집장님 통이 보통 큰 게 아니군요."

"사실 이것도 부족하다고 생각해요. 애초부터 한 1억 부 찍고 싶었는데, 그것만은 도저히 안 된다고 해서요."

방혜리의 도발적인 말에 우민도 놀라 눈을 동그랗게 떴다.

"아저씨와는 다르다는 게 확연히 느껴지네요. 아저씨라면 절대 하지 못할 일인데."

"호호, 저는 사장님과는 다릅니다. 작가님이 보유하고 계신 명성이나 능력에 걸맞은 지원을 해야 한다고 생각할 뿐이에요."

방혜리는 출판 관련 진행 상황을 좀 더 자세히 설명했다.

"미국, 중국, 일본, 유럽 전 지역, 그리고 동남아, 중동까지 한 번에 책을 풀 거예요. 이미 번역은 작가님께서 해주셔서 한숨 덜었고, 예전 판매량을 기초로 지역별 초판 발행 부수를 결정했습니다."

똑 부러지는 방혜리의 말에 우민도 딱히 할 말이 없었다. 그저 방혜리가 하는 대로 지켜보기만 하면 되었다.

"아마 다음 주쯤에는 서점에 풀릴 거예요. 이번 작품을 통해 작가님께서 원하시는 바를 성취할 수 있게 저도 최대한 노력하겠습니다."

마치 자신이 믿는 종교의 신을 대하는 듯한 모습이었다. 눈빛에서는 강한 전의가 느껴졌고, 온몸에서 강렬한 의지가 전해졌다. 불타는 투지에 오히려 우민이 당황했다.

"하, 하하, 네. 감사합니다."

"이번 작품을 통해서 저는 깨닫는 게 아니라 믿게 되었어요. 21세기에 전 세계인들이 기억할 작가는 오직 단 한 명이라는 사실을요."

"그, 그렇군요."

방혜리가 우민을 향해 고개를 숙이며 말했다.

"이런 작품을 읽을 수 있게 해주셔서 다시 한번 감사드립니다."

우민도 재빨리 마주 고개를 숙였다. 밀려드는 부담감에 저도 모르게 입맛을 다셨다.

매진.

서점에 붙어 있는 푯말이었다. 온라인을 통해 구매하려 해도 마찬가지였다.

초판 1,000만 부 중 한국에서 발매된 200만 권은 일주일 만에 전부 팔려 나가며 매진 사례를 기록했다.

매진.

푯말이 붙어 있는 곳은 한국 서점만이 아니었다. 일본, 중국, 유럽 등등 전 세계 어디에서도 우민의 책을 구할 수가 없었다. 품귀 현상이 벌어졌다.

다행히 이미 한 번 겪어본 일이었다. 편집 팀 직원들은 인쇄소에 전화를 돌려 비슷한 양을 주문했다.

그렇게 풀려 나가는 책은 서점에 풀리는 족족 매진 사례를 기록했다. 이미 예약 주문만 50만 권 이상 밀려 있었다.

예약 주문을 소진하고, 서점에 책이 풀렸지만 눈 깜짝할 사이에 사라졌다.

W 출판사 이우민 전담 팀에서는 상황판을 설치하고, 글로벌 판매량을 실시간으로 업데이트하는 중이었다.


글로벌 판매량 2,500만 권 돌파.

그렇게 적힌 지 채 일주일도 지나기 전에 또 다른 글귀가 상황판에 올라왔다.

글로벌 판매량 5,000만 권 돌파.

일주일 사이에 두 배로 늘어난 판매량.
늘어나는 판매량은 지칠 줄 모르는 기세로 신기록을 갱신했다.

글로벌 판매량 8,000만 권 돌파.

우민의 책 중 가장 많이 팔린 책이 떨어진 달이었다. 영화의 인기에 힘입어 전 세계 판매량 4억 부를 기록했다.
하지만 그 기록은 1년에 걸쳐 만들어진 숫자.
우민의 신작 '어머니'는 출간한 지 겨우 한 달이 채 되기도 전에 결국 글로벌 판매량 1억 부를 찍었다.
그리고 또 며칠이 지나지 않아.
상황판은 새로운 숫자로 교체되었다.

글로벌 판매량 2억 부 돌파.

책을 출간한 지 꼭 한 달째 되는 날에 기록된 숫자였다. 그 순간에도 '어머니'를 찍어내는 인쇄소는 매일 밤 불을 밝힌 채 책을 출하시켰다.

*           *           *

스웨덴 아카데미.

노벨 문학상의 수상자를 선정하는 심사 위원들이 모여 격론을 벌이고 있었다.

"작가의 업적을 평가하기에는 아직 너무 어리다는 생각을 지울 수가 없군요."

흰 수염을 길게 늘어뜨린 노년의 신사가 목을 가다듬었다.

"흠흠, 17살에 평화상을 받은 사례도 있습니다. 그에 비하면 이 친구는 어린 편도 아니지요."

"평화상과 문학상은 본질적으로 다릅니다. 평화라는 것은 어떤 상징성만 가지면 되지만 문학은 고인의 유언대로 '문학 분야에서 이상주의적인 가장 뛰어난 작품을 쓴 사람'이 선정되어야 하는 겁니다. 단순히 업적만 가지고도 뽑으면 안 된다는 말입니다."

노년의 신사는 길게 늘어진 턱수염을 조심스럽게 쓰다듬었다. 부드러운 감촉에 차츰 기분이 좋아졌다.

"그렇다면 더더욱 이우민 작가에게 상을 수여해야 합니다. 올해 가장 뛰어난 작품이라는 사실을 대중들이 인정하고 있지 않습니까."

이번에는 반대편에 앉아 있던 심사 위원이 헛기침을 했다.

"크, 크흠."

"이 자리에 앉아 계시는 모든 분들이 아시지 않습니까. 5억부. 지금까지 판매량이 5억 부입니다. 이 정도면 뛰어난 작품이라 할 수 있지 않겠습니까."

앉아 있던 또 다른 심사 위원이 입을 열었다.

"잘 팔리는 글과 뛰어난 작품은 구분되어야 할 겁니다."

심사 위원이 앞에 놓여 있는 책을 들어 보이며 말했다.

"이 작품이 얼마나 뛰어난지 읽어보셨으면 잘 아실 텐데요."

"물론 읽어봤습니다. 뛰어나다라… 글쎄요? 저는 다른 느낌을 받았습니다."

"새로운 흐름을 만들어낸 글입니다. 기존에 이렇게까지 독자들로 하여금 쉽게 받아들일 수 있게 만드는 묘사를 할 수 있었던 작가가 있습니까? 작가가 만든 세계 안에 독자들을 가둘 수 있었던 작가. 제가 알기로는 이 친구가 유일합니다."

"나에게 있어 10가지를 압축한 가장 중요한 규칙은, 만일 그것이 '쓴 것처럼' 느껴진다면, 다시 쓴다는 것이다. 생생한 묘

사력으로 디트로이트의 디킨스라 불리는· 엘모어 레너드보다
더 말입니까?"

흰 수염의 신사는 고개를 끄덕이며 대답했다.

"비교 불가합니다. 작가의 세계에 갇힌 독자들의 수가 벌써
5억 명을 넘어갑니다. 이 정도의 파급력을 낼 수 있는 작가가
역사적으로 몇 명이나 있었을까요."

"많이 팔리는 것이 능사는 아닙니다."

"그 결과가 압도적이라면 우리는 충분히 고려해야 합니다.
이미 그는 르네상스 이후 제2의 문예 부흥기를 일으키고 있다
는 말이 들려올 정도로 사람들의 가슴속에 '문학'이라는 두 글
자를 새기고 있으니까요."

계속되는 설득에 다른 심사 위원들도 생각에 잠겼다. 흰 수
염의 신사는 다시 길게 늘어뜨린 수염을 쓰다듬으며 말했다.

"문학 분야에서 이상주의적인 가장 뛰어난 작품을 쓴 사람.
상을 제정한 고인의 뜻에 가장 잘 맞는 사람은 그뿐이라는
게 저의 생각입니다."

그 말을 끝으로 회의는 일단락되었다. 부정적인 입장을 견
지하던 사람들의 표정에서 약간의 여지가 생겨나기 시작했다.

\*　　　　　\*　　　　　\*

영국 런던의 서점가, 차링 크로스 로드에 위치한 워터 스톤스 서점 안. 수십 명의 사람들이 서점 안 의자에 앉아 책을 보고 있었다.

책을 보고 있는 사람들에게서 한 가지 공통점이 보였다.

눈물.

눈 밑으로 투명한 방울이 주르륵 흘러내리고 있었다. 그런 현상은 남녀를 가리지 않았다. 그리고 나이를 따지지도 않았다.

그런 그들의 손에는 책이 들려 있었다.

제목은 어머니, 저자는 이우민. 일렬로 앉아 있는 사람들이 꼭 쥐고 있는 책이었다.

눈시울을 붉히던 사람들 중 몇몇은 친구의 부름에 책을 들고 자리에서 일어났다.

계산대로 향한 건 당연한 일이었다.

차링 크로스 로드에 위치하고 있는 워터 스톤스 서점만이 아니라 포일리, 헤저스 등등 거리에 늘어서 있는 대부분의 서점에서 비슷한 현상이 벌어지고 있었다.


문화생활의 1위로 독서를 꼽는 프랑스 파리의 지하철 안.

마주 보고 앉은 사람들이 독서 삼매경에 빠져 있었다. 서 있는 사람들까지 세면 10명이 넘어가는 숫자.

그들의 손에 들려 있는 책은 같은 이름을 하고 있었다.

mère.

어머니.

우민이 쓴 책이었다. 지하철 안에서 벌어지는 풍경도 영국에서와 크게 다르지 않았다.

눈시울을 붉힌 사람들 중에는 흘러내리는 눈물을 닦느라 연신 눈을 훔치는 사람도 수두룩했다. 한 손에 들린 휴지가 촉촉이 젖어 있었다.

다른 칸에 있는 사람들도 상황은 마찬가지.

퇴근길 열차 안이 조용한 흐느낌으로 가득 차 있었다.


중동.

인도.

중국.

일본.

대부분의 국가에서 비슷한 현상을 보이고 있었다. 우민의 책을 읽은 사람들은 눈물을 흘렸고, 주변 지인들에게 일독을 권했다.

책은 그렇게 입소문을 타고 연일 매진 사례를 기록했다. 끝도 없이 물량을 찍어냈지만 감당하기 힘들었다.

5억 부를 넘어선 판매량은 금세 6억, 7억 부를 향해 질주했다. W 출판사에 새롭게 설치해 둔 전자식 상황판의 숫자도 빠른 속도로 변하고 있었다.

720,222,311.

칠억 이천만 이십이만 이천삼백십일. 오늘까지 우민의 책이 팔린 양이었다.

방혜리가 상황판 옆에 붙어 있는 전 세계 책 판매량을 보며 말했다.

"이제 3위입니다."

방혜리가 보고 있는 책 판매량에 적힌 내용은 아래와 같았다.

1위 성경, 40억 권.

2위 모택동 어록, 8억 권.

3위 해리 포터, 4억 권.

4위 어린 왕자, 2억 권.

5위 반지의 제왕, 1억 권.

7억 권을 넘었으니 3위. 중국에서 출판된 모택동 어록을 뛰어넘는 건 일도 아닐 것 같았다.

함께 상황판을 보고 있던 손석민이 중얼거렸다.

"아무래도 성경을 뛰어넘는 건 어렵겠군요."

부정적인 손석민에 비해 방혜리의 반응은 달랐다.

"그래서 작가님께 세계 주요 도시를 돌며 사인회를 개최하자고 제안드렸습니다. 또한 이제부터 읽는 책뿐만 아니라 소장용으로도 가치 있는 프리미엄 라인을 생산할 예정입니다."

손석민은 약간 회의적인 반응이었다. 회사의 규모가 커질수록 예전보다 강한 보수적 성향을 드러내는 중이었다.

"이미 책을 산 사람들이 또 살까……."

"이우민 작가님 강점 중 하나가 여성 팬층이 두텁다는 점입니다. 그리고 여성 독자층의 특징은 책을 꼭 한 권만 사지 않는다는 것이죠. 이미 전작들에서 증명된 사실입니다."

"그건 몇 부나 생산할 생각인데요?"

"최소 일억부터 시작할 예정입니다."

아마 자신이라면 추진하지 못했을 일이었다.

책 한 권에 15,000원을 받고 있다.

일억이면 일조 오천억에 해당하는 돈.

손석민은 입이 바짝 말라옴을 느꼈다.

"지금까지 팔린 매출만 해도 10조를 넘었습니다. 그것도 단 다섯 달 만에 이룬 성과예요. 저는 작가님의 능력에 비해 아직 부족하다고 생각하고 있습니다."

"그, 그래요?"

방혜리가 검지로 벽면에 붙어 있는 판매량 순위를 가리켰다.

"저기 적혀 있는 판매량의 가장 윗줄로 올라갈 겁니다."

40억.

방혜리가 가리킨 곳에 써져 있는 숫자였다. 매출액으로만 보면 60조. 책 한 권으로 만들어내는 숫자에 손석민은 입을 떡 벌릴 수밖에 없었다.

CG미디어라는 기업을 운영하면 할수록 우민이 만들어내는 기록의 위대함을 더욱 절실히 느끼는 중이었다.

겨우 10억의 매출을 만들어내는 것도 결코 간단한 일이 아니었다. 거기에서 10%의 이익을 만들어내는 건 더더욱 힘든 일이다.

그런데 이 녀석의 수익률은 상상을 초월한다. 책을 찍어내고, 유통 마진으로 빠지는 비용을 빼면 전부 다 수입으로 잡힌다. 더구나 이건 원자재 값이 아예 들지 않는 구조다.

컴퓨터 한 대와 두 손만 멀쩡하다면 매출을 만들 수 있었다.

"그런 게 가능할 리가……."

어느새 회사에 도착한 우민이 스윽 다가와 손석민의 귀에 대고 속삭였다.

"소속 작가도 믿지 못하다니, 아저씨 실망입니다."

"허, 허억. 뭐, 뭐야."

"하하, 뭐긴 뭡니까. 방혜리 편집장님이 40억 부를 팔기 위한 플랜을 세웠으니 상의가 필요하다고 해서 왔죠. 아저씨도 그래서 온 거잖아요."

"이게 갈수록 아저씨를 놀려."

손석민의 핀잔에도 우민은 싱글벙글거리며 웃을 뿐이었다.

"자, 제 위대함을 깨달으셨으면 회의실로 들어가시죠. 가서 40억 플랜을 세워봐야죠."

우민이 앞장서고, 둘이 뒤를 따랐다.


회의실로 들어가자마자 방혜리가 입을 열었다.

"한국인 최초 노벨 문학상이라는 타이틀. 그게 40억 부 판매량의 전제 조건이 될 겁니다."

방혜리가 스윽 우민을 보았다. 마치 자신 있냐고 물어보는 듯한 눈빛에 우민이 답했다.

"이번 겨울은 스웨덴에서 보낼 겁니다."

"호호, 동시에 대대적인 마케팅을 통해 준비하고 있던 프리미엄 라인을 전 세계 서점에 동시에 출간시킬 겁니다. 노벨 문학상 수상 작품이라는 타이틀을 붙여서."

가만히 듣고 있던 손석민이 물었다.

"그, 그러면 프리미엄 라인을 미리 생산시킨 다음에 발표를 기다리겠다는 말인가? 아직 될지 말지도 모르는 마당에? 만약 수상에 실패하면? 그 타이틀을 전부 벗겨내야 하잖아. 그리고 수상에 맞춰 마케팅을 준비했다가 실패하면… 그 비용 매몰이 얼만데……."

손석민의 우려에도 불구하고, 방혜리의 표정은 자신만만했다.

"수상에 맞춰 집행되는 마케팅 비용이 천억 정도 될 겁니다. 물론 별도의 마케팅이 없어도 수상 자체가 비교할 수 없는 효과를 발휘하겠지만요. 이건 뭐랄까. 불난 집에 기름을 붓는 행위랄까요?"

지켜보던 우민도 한마디 거들었다.

"천억은 좀 부족한 감이 있어요. 이미 유럽이나 미국 쪽은 따로 마케팅을 할 필요가 없을 정도로 팔리고 있습니다. 남미, 중동, 동남아, 인도, 러시아, 아프리카 등지에서 책이 팔려야 40억 부를 넘을 수가 있어요. 이쪽 공략을 위해서 더 많은 투자가 필요합니다."

"알겠습니다. 그 지역에 좀 더 신경 쓰도록 하겠습니다."

"한 오천억 정도면 적당하겠네요. 제 이름으로 도서관도 건설하고, 학교도 건설하도록 하세요. 문맹 비율이 낮아질수록 독서 인구는 늘어날 테니까요. 그래야 제 독자도 늘어나지 않겠습니까."

듣고 있던 손석민의 머릿속으로 한 가지 프로젝트가 스쳐 지나갔다.

"무슨 '프로젝트 룬' 같은 거냐… 오지에 인터넷을 연결시켜 자사 접속자 수를 늘리는 것처럼 도서관, 학교를 늘려서 독자 수를 늘리겠다니……."

"하하, 비슷한 거라 해두죠."

"그러면 도서관이나 학교는 미리 진행하도록 하겠습니다. 좋은 일은 빠를수록 효과가 나타날 테니까요."

"그래요. 거기에 '월간 이우민'으로 들어오는 수입을 합쳐서 아주 시끌벅적하게 만들어주세요. 스웨덴에까지 그 소식이 들릴 수 있도록."

방혜리가 입술을 꼭 깨물며 고개를 끄덕였다. 회의가 끝나고 결정된 사안들은 빠른 속도로 진행되었다.

그렇게 몇 주의 시간이 지났을 때, 한 단체에서 전화가 도착했다.

기다리던 스웨덴이 아닌 유니세프. 친선대사로 선정하고 싶다는 연락이었다.

*       *       *

이미 남미 등지에서 활동하며 마약 카르텔 등과 싸우고 중동 등지에 건립되어 있는 난민 캠프에서도 활동한 덕분에 유엔 난민 기구 친선 대사를 역임하고 있는 중이었다. 거기에 유니세프의 연락으로 하나의 명함이 더 생겨났다.

유니세프 친선 대사.

교육 환경이 열악한 지역에 학교, 도서관 등을 건립하겠다는 발표 덕분이었다.

기부 천사.

기부 왕.

기부 작가.

이미 붙어 있는 '국민 작가'라는 타이틀 앞에 '기부'라는 타이틀이 생겼다.

그런 우민의 활동 때문일까. 스웨덴에서는 또 한 번의 격론이 펼쳐지고 있었다.

"평화상에도 이우민 작가를 올리겠다는 말입니까?"

유례가 없던 일에 대한 토론은 벌써 한 시간째 도돌이표를 찍는 중이었다.

"그가 보인 행적에 따르면 이미 받고도 남았어야 합니다. 중동에서 테러 단체의 위협에도 불구하고 수많은 난민 구호 활동에 직접 참여했습니다. 그저 돈 몇 푼 내고 기부라는 생색을 내는 게 아니었습니다."

평화상을 수여해야 한다는 이유로 참석한 심사 위원은 굴하지 않고 말을 이었다.

"목숨을 걸고 움직였다는 말입니다. 그렇게 구해낸 인원이 수백 명을 헤아립니다. 그리고 캠프에서 활동은 또 얼마나 열심히 하신 줄 아십니까? 매일같이 아이들에게 작문에서부터 기초 학문까지 가르쳐 희망을 전파했습니다."

검은 곱슬머리의 심사 위원이 설명을 이어나갈수록 회의실 안이 조용해졌다.

"그뿐이었으면 이우민 작가가 올라오지도 못했을 겁니다. 남미에서는 거대 마약 카르텔과 맞서 싸웠습니다. 글이 총칼보다 강하다는 것을 직접 보여줬습니다. 수많은 사람들을 마약을 굴레에서 벗겨내 사회에 적응하도록 도왔습니다."

곱슬머리의 심사 위원은 아직도 끝나지 않았다며 계속해서 열변을 토했다.

"인도, 중국, 필리핀을 비롯한 동남아 등등에서 그가 만들어낸 수많은 선행을 생생하게 기록하는 사람들이 수천 명을 넘어갑니다. 그는 단순히 책상머리에 앉아 이상을 추구하는 글만 쓰는 작가가 아니라, 행동하는 작가입니다."

이어지는 심사 위원의 말에 회의 안의 정적감은 더해져만 갔다.

"행동하는 사람. 그저 자신의 문학적 성취를 위해 컴컴한 방 안에 틀어박혀 글자만 한 자 한 자 깎아나가는 그런 사람이 아니란 말입니다."

곱슬머리 남자가 말을 마치기 무섭게 흰 수염의 신사가 입을 열었다.

"그렇게 때문에 더더욱 문학상을 수여해야 한다고 누누이 말해왔습니다. 이런 사람에게 상이 돌아가지 않는다면 '노벨상'의 신뢰가 타격받게 됩니다."

그러자 곱슬머리 남자도 천천히 입을 열었다.

"이번에 학교, 도서관을 만들겠다는 계획을 발표했습니다. 거기에 투자되는 규모만 수천억 원. 그는 경제적으로도 실제 행동으로도 실천하는 사람입니다. 그저 돈으로만 기부하는 사람은 있어도 이런 사람은 없습니다. 이런 사람에게 '평화상'을 줘야 합니다."

흰 수염의 신사가 말했다.

"이분은 작가입니다. 문학상을 받아야 합니다. 평화상에는 다른 후보들도 많지 않습니까."

곱슬머리 남자도 한층 단호한 태도로 입을 열었다.

"이미 17살에 상을 받은 '말랄라 유사프자이'가 있습니다. 문학상은 아직 23살에 상을 받은 사람이 없지 않습니까. 선례를 깬다는 게 쉬운 일이 아닙니다."

"문학상도 이미 수차례 선례를 깨어 왔습니다. '가수'에게도 상을 수여하지 않았습니까. 나이를 깨는 건 일도 아니지요."

회의실은 일순 두 심사 위원의 기 싸움 현장으로 변해 버렸다. 어린 나이에 받은 사람도, 선례와 달리 파격적으로 받은 경우도 있었지만 두 개 부문을 동시에 수상한 경우는 없었다.

이제는 상을 주는 것이 문제가 아니라, 어떤 상을 수여해야 하는지로 토의의 주제가 바뀌어 버렸다.

*   *   *

1위 성경, 40억 권.

2위 어머니, 11억 권.

3위 모택동 어록, 8억 권.

결국 우민의 책이 2위까지 올라갔다. 이제는 1위를 차지하는 일만 남은 셈.

W 출판사 전 직원의 눈과 귀가 스웨덴에 쏠려 있었다. 스웨덴에서 누구를 노벨 문학상으로 선정할까?

세계의 이목이 집중된 가운데 노벨상이 발표되기 한 달 전인 9월부터, 세계 유수의 언론들과 한국 신문, 방송사들은 한국 최초 노벨 문학상 수상 작가로 '이우민'을 심심치 않게 거론하고 있었다.

그와 함께 거론되는 인물은 영국 소설가 '존 라이트.' 왕성한 작품 활동을 하고 있는 40대 작가 중 한 명이었다.

몇몇 작가들이 함께 거론되고 있기는 했지만 대부분의 전문가들은 둘의 경쟁 구도를 인정하는 분위기였다.

9월도 중순을 넘어가 말쯤 되자 서서히 노벨상 발표 일정이 윤곽을 드러냈다.

10월 2일, 노벨 생리 의학상.

10월 3일, 노벨 물리학상.

10월 4일, 노벨 화학상.

10월 9일까지의 일정으로 모든 상의 일정이 발표되었으나, 유일하게 미정으로 알려진 상이 하나 있었다.

10월 7일, 노벨 문학상.

다른 상들의 일정은 시간까지 정확하게 공지가 되었으나 문학상만은 미정이었다.

사람들이 설왕설래하며 이유를 추측해 보았지만 누구도 뚜렷한 답을 내놓지는 못했다. 그 순간에도 시간은 속절없이 흘러만 갔다.

스웨덴의 수도 스톡홀름의 공항.

우민이 카타리나와 함께 입국 심사장으로 들어서고 있었

다. 15시간이 넘도록 타고 온 비행기로 인한 피로에 카타리나가 하품을 참지 못하고 입을 벌렸다.

"후아암, 너무 멀다."

"그렇긴 해. 직항도 없어서 경유해서 오려니… 지치긴 하네."

우민도 상당히 지친 기색이 역력했다. 10시간 이상의 비행은 누구라도 피로에 찌들게 만들 것이다.

졸린 표정으로 눈을 비비며 심사대 앞에 선 우민이 여권을 내밀었다.

보호 거울 안쪽에 앉아 있던 직원이 우민을 위아래로 훑었다. 그러기를 몇 차례, 여권에 고정된 동공이 서서히 확장되었다.

"Are you really a writer of Lee Woo Min?"

피곤했던 우민이 단답형으로 대답했다.

"Yes."

직원은 믿기지가 않는지 한 번 더 물었다.

"Really?"

"Yes, it's me."

순간 잔뜩 흥분한 남자 직원의 고성이 심사장 안에 울려 퍼졌다.

"Wow!! Oh, my god!! That's unbelievable!"

당황한 우민이 주변을 둘러보았다. 공항 검색대 직원들의 시선이 전부 우민이 있는 쪽을 향해 있었다.

급기야 경찰 제복을 입은 직원들까지 우민이 있는 곳으로 몰려들었다.

이곳이 일터라는 곳도 잊은 직원은 이제는 영어가 아닌 스웨덴어로 끊임없이 감탄사를 쏟아내며 간간히 우민에게 말을 걸었다. 우민도 능숙한 스웨덴어로 대답했다.

상황 파악이 끝난 동료 직원들이 웅성거리며 우민이 있는 곳으로 모여들었다.

몇몇 직원들의 손에는 우민의 작품들이 들려 있었다. 최근 작품인 '어머니'에서부터 '떨어진 달', 그리고 '월간 이우민' 잡지까지. 들고 있는 작품의 종류도 다양했다.

"사인 부탁드려도 될까요?"

자신의 팬이라는 말에 우민이 최대한 피곤한 기색을 지우고 상냥하게 답했다.

"네. 괜찮습니다."

툭.

"저, 저도요."

툭.

"저도 받고 싶은데……."

툭.

그 위에 또 한 권의 책이 올라와 있었다. 입국 심사를 하던 직원만이 아니라, 관광차 스웨덴에 입국했던 사람들까지 우민을 알아보고는 몰려들었다.

졸지에 낙동강 오리알 신세가 된 카타리나는 익숙한 풍경인지 아예 벤치에 자리를 잡고 앉았다.

급작스레 벌어진 공항에서의 사인회는 근 한 시간이 넘어서야 끝날 수 있었다.

*        *        *

털썩.

호텔 침대 위로 쓰러진 둘은 녹초가 되어 있었다. 누워 있던 카타리나가 우민 쪽으로 고개를 돌리며 말했다.

"너 인기가 정말 어마어마하더라? 이젠 세계 어디를 가도 못 알아보는 사람이 없을 정도던데?"

"이제부터는 좀 조용히 살까? 이런 생활도 피곤하잖아."

카타리나가 우민의 반대편으로 고개를 돌렸다.

"칫, 인기 많아서 좋겠다."

우민이 카타리나를 등 뒤에서 살며시 껴안았다.

"왜 불안해? 내가 인기가 더 많아져서 떠날까 봐?"

핵심을 찔린 듯 카타리나가 움찔거렸다. 마치 어미 잃은 작은 새처럼 느껴졌다.

우민이 힘주어 카타리나를 더욱 강하게 끌어안았다.

"걱정하지 마. 이번 일정 끝나면……."

우민이 끝말을 흐리며 카타리나의 머리칼에 입술을 묻었다. 재빨리 고개를 돌린 카타리나가 눈웃음을 치며 물었다.

"끝나면?"

"끝나면… 끝나면……."

우민이 우물쭈물하며 제대로 대꾸하지 못했다. 카타리나가 눈짓으로 어서 말해보라며 재촉했다.

"준비된 장소에서 준비된 것들을 가지고, 너에게 갈게."

계속되는 간접적인 화법에 카타리나의 입술이 샐쭉해졌다. 자신이 원하는 단어를 우민은 기어코 말하지 않았다. 조금이지만 섭섭함이 밀려오려 했다.

"흥. 상까지 타면 더 인기가 많아질 거 아냐. 더 아름답고 능력 있는 여자들이 치근거리면 어떡해."

카타리나의 투정에 우민이 헛웃음을 터뜨렸다.

"하하하, 그런 걱정도 해?"

카타리나가 다시 우민의 반대편으로 고개를 돌렸다.

"흥, 아까도 여자들한테 사인해 줄 때 아주 눈에서 꿀이 떨어지던데?"

우민은 가만히 카타리나의 머리를 쓰다듬어 주었다. 한 번, 두 번 횟수가 늘어날수록 카타리나는 살짝 예민해져 있던 신경이 서서히 가라앉는 걸 느꼈다.

"이번 일정만 끝나면… 그렇게 하자. 여기서 고백할 수는 없잖아."

우민의 설득에 카타리나도 사르륵 마음이 풀렸다. 고개를 돌리곤 쪽 하고 입을 맞추었다.

"두고 보겠어."

우민도 카타리나에게 입을 맞추었다.

"하하, 알았어."

20대의 팔팔한 나이는 둘로 하여금 피곤도 잊고 서로에게 집중하게 만들었다.


며칠 뒤.

스웨덴 스톡홀름의 유명 서점 'Akademibokhandeln'의 통유리에 커다란 포스터 한 장이 붙었다.


〈올해의 노벨 문학상 수상 작가 사인회〉


노벨 문학상이 발표된 지 불과 한 시간도 지나지 않아 포스터가 붙었다. 지나가던 사람들도 한 번씩 눈길을 줄 수밖에 없었다.

그뿐만이 아니었다. 마치 기다렸다는 듯이 자리가 마련되었고, 이미 도착해 있던 우민이 나타나 사인회를 시작했다.

인기 작가의 출현에 서점 안의 사람들은 웅성거렸고, SNS를 통해 관련 소식이 빠른 속도로 퍼져 나갔다.

〈단 두 시간 동안만 진행됩니다.〉

그 밑에 붙어 있는 안내 문구 때문일까. 웅성거리던 사람들이 빠르게 줄을 서기 시작했다.

방금 전 뉴스를 통해 들었던 올해의 노벨 문학상 수상 작가 바로 눈앞에 있다는 사실이 믿기지 않는 듯했다. 줄을 서면서도 연신 우민의 얼굴을 훔쳐보기 일쑤였다.

그러나 그건 현실이었다. 입국 심사장 직원들도 알아볼 만큼의 인지도를 구가하는 우민이었다. 서점 내에서 우민을 몰라보는 사람은 없었다.

더구나 그에게 붙은 노벨 문학상이라는 타이틀은 두 시간이라는 짧지 않은 시간을 모자라게 만들었다.

# 제6장

## 가족의 탄생

한국에서는 역대 두 번째, 문학상으로는 첫 번째 수상자.

이우민.

그에 대한 광풍이 불어닥쳤다. 지상파와 종편 방송을 가리지 않고 우민의 행적을 쫓는 기사가 차고 넘쳤고, 전작들에 대한 문학 평론가들의 평가가 줄을 이었다.

노벨 문학상을 받은 작가.

더구나 한국 최초의 작가이기에 그에 대해 부정적인 의견을 내는 사람은 없었다.

과거 우민의 발언은 재조명되었고, 단순한 객기가 아닌 능력에 대한 자신감으로 완전히 탈바꿈되었다.

자성의 목소리가 심심치 않게 흘러나왔고 우민이 보인 지난 행적들에 대한 분석을 엮은 책이 베스트셀러에 올랐다.

그러나 콘크리트보다 단단한 벽을 뚫지는 못했다.

1위부터 8위까지 우민의 책들이 줄 세우기를 시전하고 있었다.


1위 어머니, 이우민.

2위 떨어진 달, 이우민.

3위 Indignation, 이우민.

4위 달동네 아이들, 이우민.

5위 아프리카 아이들, 이우민.


한국 내 온, 오프라인 서점에서 제공하는 순위 리스트는 전부 비슷한 상황이었다.

그 밑에 자리 잡은 책들의 내용도 우민에 관한 책이었다.


〈이렇게 하면 작가 된다〉

〈작가의 미래〉

〈그의 과거(출판사를 통해 확인된 공식 정보만 모았다)〉

세상이 그에게 빠져 있었다. 언론은 그를 취재하기 위해 W 출판사로 몰려들었지만 간단한 인터뷰 하나 딸 수 없었다.

─음… 현재 런던에 있습니다.

우민은 전 세계를 돌아다니며 사인회를 열고 있는 중이었다. 스웨덴을 시작으로 런던, 파리, 로마, 카이로 등등 세계 각 나라의 수도를 돌아다니며 독자들과 만났다.

독자들의 열광은 당연한 반응이었고, 책 판매량도 기하급수적으로 늘어났다.

방혜리의 프리미엄 라인 생산 방침은 주효했고, 2만 원이 넘는 금액으로 책정된 책은 미리 준비된 1억 부가 한 달도 되지 않아 전부 팔려 나가는 기염을 토했다.

사람들은 우민이 받은 노벨 문학상이라는 가치와 더불어 이제는 얼마나 많은 책이 팔릴 것인지에 대해 관심을 두기 시작했다.

벌써 13억 부가 넘은 판매량.

이미 한국 100대 부호에는 이름을 올렸고, 이제는 세계 100대 부호도 넘보았다.

도쿄, 중국의 베이징, 상하이 등을 거쳐 우민은 최종 목적지 인천국제공항에 도착했다.

수많은 기자들이 촬영을 위해 공항에 포진하고 있는 건 당연한 일이었다. 밀치고, 밀리는 번잡한 상황 속에서도 취재 열기는 대단했다.

—대한민국 최초의 노벨 문학상 작가 이우민, 드디어 인천국제공항 출국장으로 들어서고 있습니다.

우민의 세계적인 인기는 방송사로 하여금 특별 편성을 통해 '생방송으로 한국 입국을 송출하게 만들었다.

—'어머니'를 통해 10억 부 판매량을 달성했으며 전작들의 판매량까지 합쳐진다면 가히 국내 대기업과도 맞먹는 매출을 기록했습니다.

출국장으로 들어오는 모습을 방송하며 아나운서는 끊임없이 우민이 걸어온 길을 나열했다.

—지금도 그 기세는 멈출 줄 모르고 올라가고 있습니다. 세계에서 가장 많이 팔린 책은 성경 40억 부로 알려져 있습니다. 몇몇 전문가들은 그 기록이 깨질지도 모른다고 조심스럽게 점치고 있습니다.

출국장을 나온 우민이 포토 라인 앞에 섰다. 포즈를 취하자 플래시 세례가 눈이 부시게 이어졌다. 그 앞에는 수십 개의 마이크가 놓여 있었다. 한마디라도 더 담기 위한 언론사들의 피땀 어린 노력이었다.

—대한민국의 자랑스러운 작가, 이우민 군이 포토 라인 앞에 섰습니다. 이제 곧 공식 인터뷰가 시작될 예정입니다.

아나운서의 설명이 끝나고, 우민이 앞에 놓여 있는 마이크를 향해 서서히 입을 열었다.

*        *        *

바로 옆에서 우민을 지켜보고 있던 손석민은 우민의 첫마디에 뒷목을 잡고 쓰러질 뻔했다.

"혹시 여기에 14살의 제가 노벨 문학상을 받겠다고 말했을 때 취재 왔었던 기자분들 계신가요? 둘러보니 당시 취재를 왔던 방송사들은 다 온 것 같은데 기자분들도 같은 분들인가 해서요."

말을 마친 우민이 하하거리며 너털웃음을 터뜨렸다. 순간 기자들은 취재를 하러 온 것도 잊은 채 우민을 멍하니 바라보았다.

노벨 문학상을 받은 소감을 물어보았다. 이런 대답을 할 줄은 누구도 예상하지 못했다.

"27살쯤에 노벨상을 받겠다고 14살 때 제가 말씀드렸습니다. 그런데 제가 올해 몇 살인지 아시는 분?"

우민이 물었지만 실제로 대답하는 기자는 없었다. 기자들이 자신의 나이를 몰라서 물어보는 거라 생각하는 사람은 아무도 없었다.

어찌 보면 일종의 조롱으로 보일 수도 있는 모습에 손석민은 경악을 넘어 당장에라도 인터뷰를 취소시키고 우민을 잡아다가 집으로 돌아가고 싶은 심정이었다.

'우민아… 오늘도 조용히 넘어가진 않을 작정이구나.'

손석민이 울상을 짓고 있는 것과는 달리 방혜리는 담담히 그 모습을 지켜보고 있었다.

'작가님이 그때 한국에 있었다면 이렇게 성장할 수 있었을까? 기자회견장에서 자신의 꿈을 이야기하는 14살 소년에게 우호적일 수는 없었을까? 언론이라는 건 참……'

우민의 골수팬이기 때문인지 모든 일을 우민의 입장에서 먼저 생각하게 되었다.

그 순간에도 우민의 소감은 계속되고 있었다.

"23살. 이제 곧 24살이 되는군요. 20대 초반, 아직 어린 나이입니다. 한국 남성으로 보면 아직 대학도 졸업하지 못했을 나이군요."

사람들은 일대 혼란에 빠졌다. 소감을 말하고 있는 건지, 자신들을 조롱하고 있는 건지 헷갈려 했다.

"17살에 노벨 평화상을 받은 '말랄라 유사프자이'보다는 많지만 저는 노벨상 수상자들 중 두 번째로 어린 나이입니다. 선례를 깨버린 일이지요. 어떻습니까. 오늘 이 자리에서도 저에게 조롱을 날리실 분 계십니까?"

조롱이라는 말에 열심히 우민의 말을 받아 적던 기자들은 확실하게 깨달았다.

질타.

지금 앞에서 말하고 있는 저 사람은 소감을 말하고 있는 것이 아니라 자신들을 질타하고 있다.

우민의 소감은 토씨 하나 빼놓지 않고 생방송을 통해 방송사로, TV나 스마트폰을 들고 있는 시청자들에게 전달되었다.

물론 그 방송사에는 국내 방송사만이 아니라 세계 유수의 방송사들도 포함되어 있었다.

그의 인기는 지역에 국한된 것이 아니었기에……

"없으시군요. 꿈이 아닌 현실이라는 팩트 앞에서 다른 추측은 있을 수 없기 때문인가요?"

우민의 계속되는 질문에 아무도 답하지 않았다. 애초부터 작정을 하고 나온 듯 어린 시절 받았던 설움을 폭발시켰다.

"어쩌면 그랬기에 여기까지 온 걸지도 모르겠습니다. 쌓아두었던 독기를 동력 삼아 안주하지 않고, 달리고 또 달렸습니다. 하루도 글 쓰는 것을 쉬어본 날이 없습니다. 하하, 이거 오히려 감사하다고 말씀을 드려야 하는 걸까요."

마지막 말에 섞인 비아냥거림에 손석민은 어버버거리며 말을 잇지 못했다.

이러다가 '국민 작가'에서 '국민 비호감 작가'로 전락하는 건 아닌지 걱정이 되어 가만히 있을 수가 없었다.

오히려 방혜리가 손석민을 보며 조그맣게 중얼거렸다.

"괜찮아요."

손석민이 눈을 질끈 감으며 고개를 저었다.

"왜냐하면 노벨 문학상 수상 작가이기 때문이죠."

이번에는 두 눈을 동그랗게 떴다.

"일반인이 말하면 아무런 권위가 없어 누구나 쉽게 비판하고 뒷말이 무성해지기 마련입니다. 그런데 무려 노벨 문학상을 탄 작가의 말입니다. 사람들은 아마 이렇게 생각할걸요?"

다 생각이 있어 저런 말을 했겠지. 괜히 한 게 아닐 거다.

그 생각의 깊이를 어찌 쉽게 따라갈 수 있을까.

어떤 의도가 담겨 있었을까.

"그러면서 오히려 궁금해할 겁니다."

손석민이 입술을 질끈 깨물며 고개를 절레절레 저었다. 자신이 봤을 때 아직 방혜리는 이우민을 잘 모른다.

'저 녀석은 그냥 정말 그때 품었던 독기를 풀고 있는 것뿐이다.'

둘이 대화를 나누고 있는 사이 우민의 소감도 끝을 향해가고 있었다.

우민이 스웨덴에서 받아온 노벨상 목걸이를 들어 보이며 말했다.

"여기 여러분들이 그토록 보고 싶어 하는 노벨상 목걸이가 있습니다. 그런데 이거 하나 아셔야 할 겁니다. 예전처럼 사람을 보지 않고, 나이, 배경, 외모 이런 것들만 보다가는 다시는 이 메달을 볼 수 없을 겁니다. 공항에서의 인터뷰는 이것으로 마치겠습니다. 좀 피곤하군요."

말을 마친 우민이 경호원들의 안내를 받으며 인터뷰장을 벗어났다. 기자들은 끝까지 우민을 쫓아가려 했지만 그 뒤로 몇몇 시민들의 비수가 날아들었다.

"비행기에서 내리자마자 얼마나 피곤하시겠냐. 그런 분 쫓지 말고, 정치인들 비리나 좀 그렇게 열심히 쫓아라."

"하여간 기레기 놈들 글 쓰시느라 피곤한 사람 붙잡고 늘어지는 꼴이라니."

"권력 앞에서는 꼼짝도 못하면서 아주 살판났네. 살판났어."

시민들의 날 선 비판에 몇몇 기자들이 움찔거리며 반응했지만 우민을 쫓는 걸음을 멈추지는 않았다.

\* \* \*

집으로 돌아가는 차 안.

우민의 맞은편에 앉아 있는 손석민은 차창 밖을, 방혜리는 한층 초롱초롱해진 눈망울로 우민을 보고 있었다. 조용한 분위기를 깨며 손석민이 말했다.

"이제 속 시원하냐?"

"뭐, 조금은요."

방혜리도 한마디 거들었다.

"저는 언제나 작가님 편입니다."

"고맙습니다."

"그리고 수상하신 것 다시 한번 축하드립니다."

방혜리의 초롱초롱하던 눈망울에서 촉촉한 습기가 느껴졌다. 우민의 수상으로 자신이 지금까지 했던 고생이 보상받는 듯한 느낌을 받았다.

보람, 자부심, 만족감 등등의 감정들이 벅차오르고 있었다. 손석민도 인터뷰의 아쉬움을 뒤로한 채 말했다.

"수고 많았다. 정말 대단해. 은영 씨도 진심으로 기뻐하고 있어."

"아니에요. 아저씨랑 편집장님들이 물심양면으로 도와주신 덕분이죠."

"그래, 집으로 바로 갈 거지?"

우민은 손석민이 말하는 집이 어딘지 알아차리고는 답했다.

"압구정 말고, 신사 쪽으로 갈게요. 아직 여독이 많이 쌓여 있어요. 내일 식사 같이하자고 전해주세요. 긴히 드릴 말씀도 있고요."

손석민이 아쉬움을 감추지 못하며 물었다.

"은영 씨가 많이 기다리고 있는데… 정말 신사로 갈 거냐?"

"네. 내일 호텔 예약해 놨어요. 어머니한테도 그렇게 전해주 세요."

우민의 단호함에 손석민도 더 이상 말하지 못했다. 간단한 신변 정리가 끝나자 방혜리가 책 판매량, 사인회의 성과 등에 대해 간단하게 브리핑했다.

그리고 앞으로 한국에서 열릴 사인회에 대해서도 설명을 이 어갔다.

"서울을 시작으로 대전, 대구, 부산, 제주, 그리고 다시 서울 로 올라오는 일정입니다. 한국에서는 사인회라기보다는 북 콘 서트 형태로 기획했습니다. 아직 공식적으로 협상이 되지는 않았지만 벌써부터 유명 가수들이 먼저 노래를 부르고 싶다 며 제의를 해오고 있습니다……."

차는 영종대교를 지나 서울 시내로 진입했다. 방혜리가 설명을 이어갔지만 우민의 시선은 다른 곳을 향해 있었다.

'내일 무슨 표정을 지으실까.'

우민은 식사 자리에서 할 말에 어머니가 어떤 반응을 하실지 자못 궁금했다.

＊          ＊          ＊

J일보 기자 마동민은 기분이 별로 좋지 않았다. 공항에서 보인 이우민 작가의 태도가 마치 자신을 향한 조롱처럼 느껴졌다.

사무실로 돌아와 기사를 작성하는 내내 신경이 쓰였다. 자신이 확인한 사실대로, 마음 가는 대로 기사를 썼다가 데스크에서 호되게 욕을 먹고 돌아온 참이라 더 화가 났다.

"다시 써 와! 이렇게 내보냈다가 신문사 말아먹을 일 있어!"

자신이 느꼈던 대로 거만해 보였던 태도를 적나라하게 적었건만 국장은 오히려 자신을 탓했다.

"젠장, 노벨상이 뭐라고!"

씩씩거리며 분을 삼키던 마동민이 함께 취재를 나갔던 선배 기자에게 물었다.

"안 그렇습니까. 선배?"

그러나 대답이 없었다. 마동민이 부른 선배 기자는 이우민 사진을 보며 생각에 잠겨 있었다. 마동민이 재차 선배를 불렀다.

"선배, 선배? 괜찮아요?"

선배 기자가 상념에서 깨어나 마동민을 보았다.

"어, 그, 그래. 괜찮지."

"진짜 열받지 않아요? 선배도 공항에서 그 자식이 말하는 거 들었잖아요. 뭐라더라 '제가 올해 몇 살인지 아시는 분?', '오늘 이 자리에서도 저에게 조롱을 날리실 분 계십니까?' 하, 참네. 웃기지도 않아서."

선배 기자는 그런 마동민을 지그시 바라보았다. 어두워 보이는 표정에 마동민이 다시 물었다.

"오늘 정말 괜찮으세요? 안색이 너무 안 좋아 보이시는데… 일찍 들어가세요. 제가 마무리하겠습니다."

선배 기자가 천천히 입을 열었다.

"나는 그때 신입 기자였다."

뜬금없는 고백에 마동민이 되물었다.

"네?"

"취재를 갔더니 14살의 어린아이가 자리에 앉아 조그만 손을 탁자 위에 올리고는 조곤조곤 말을 이어갔었지."

선배 기자가 무슨 말을 하고 있는지 눈치챈 마동민이 입을 다물었다. 기사를 작성하던 손도 멈추었다.

"처음에는 어이가 없었다. 자신이 영재라는 증명을 손에 쥐고 흔드는 모습에서 그저 어린이의 치기밖에 느끼지 못했지."

선배는 담담하게, 그리고 천천히 말을 이어갔다.

"한국어로 된 글은 쓰지도 출판하지도 않겠다는 말에 이곳까지 온 것이 그저 시간 낭비라는 생각밖에 들지 않았어. 운 좋게 인기를 얻은 어린 작가가 몰락하는 일밖에 남지 않았다는 생각밖에 들지 않았다."

선배 기자는 목이 탄지 물을 찾았다. 마동민이 재빨리 정수기에서 물을 떠 왔다.

"그 아이의 마지막 말이 압권이었지. '27살쯤 노벨 문학상을 타게 되지 않을까 합니다. 만약 그때까지도 배후가 밝혀지지 않는다면 한국 국적을 버리고, 다른 나라 국적으로 노벨상을 수상하겠습니다'. 노벨상을 타겠다, 그것도 다른 나라 국적으로 말이야."

선배 기자는 이제 완전히 과거의 기억 속에 파묻혀 있었다.

"언론들은 혹평을 쏟아내기에 바빴어. 나도 그중 하나였지. 어이가 없어 말문이 막힐 정도였으니까. 더구나 대중들은 영웅의 탄생만큼 그들의 몰락 역시 관심 있게 보는 법이니까."

이야기도 서서히 끝이 보였다.

"네가 화가 나는 이유를 충분히 이해한다. 그런데 이 친구한테는 그러면 안 될 것 같다."

마동민의 분노도 차츰 가라앉았다. 분노로 점철되었던 기사의 내용도 점점 긍정의 메시지로 변해갔다.

＊　　　　　＊　　　　　＊

우민의 집.

하루 먼저 도착한 카타리나가 따뜻한 저녁 밥상을 차린 채 기다리고 있었다. 우민이 집으로 들어서자마자 달려가 가벼운 키스를 보냈다. 여전히 팔은 목에 두른 채 카타리나가 염려 섞인 목소리로 말했다.

"이제 왔어? 공항에서는 너무 심하게 말한 거 아냐? 그러다 언론에서 널 나쁘게 말하면 어떡해."

"그러면 미국 가서 카타리나랑 알콩달콩 살면 되지."

우민의 대답에 카타리나가 더할 나위 없이 환하게 웃으며 말했다.

"너무 좋다. 내일 언론에서 우민이 욕하는 기사만 잔뜩 나왔으면 좋겠다."

"옷챠."

우민이 단단한 두 팔로 카타리나를 안아 들었다.

"혼 좀 나야겠는데?"

"홍. 혼낼 기운은 있고? 일단 밥부터 먹자. 내가 차려놨어."

우민이 코를 킁킁거리며 실내에서 풍기는 된장찌개 냄새를 맡았다.

"오오, 내가 좋아하는 된장찌개?"

"그것도 무려 어머님께 전수받은 된장찌개랍니다."

우민은 카타리나를 들어 안은 채로 주방으로 걸어갔다.


주방에는 말 그대로 진수성찬이 차려져 있었다. 된장찌개에서부터 소고기, 불고기까지. 우민의 입맛을 고려한 한식들이었다.

"우와! 정말 준비 많이 했네."

우민이 수저를 들고는 허겁지겁 몇 가지 반찬을 맛보았다. 절로 감탄이 나오는지 눈을 감고는 천천히 음미해 보았다. 카타리나가 기대감 어린 눈빛으로 우민을 보았다.

"이제 정말 시집가도 되겠다."

"응, 너한테 가야지."

"하하, 당연한 말이지. 내일 저녁 식사 자리 마련했어. 그때 부모님께 말씀드리려고."

일순 카타리나가 우민에게 달려들었다.

"저, 정말?"

"그래. 처음부터 그럴 생각이었어."

쪽, 쪽쪽쪽쪽.

카타리나가 우민의 이마에서부터 입, 볼, 귀, 코를 가리지 않고 뽀뽀 세례를 퍼부었다. 밥을 먹다 말고 날벼락을 당한 우민은 정신을 차리지 못했다.

"그, 그만. 카타리나 진정해."

자신의 얼굴에서 카타리나를 떼어놓은 우민이 눈을 껌벅거렸다. 카타리나의 커다란 눈망울에는 눈물이 글썽거리고 있었다.

"행복해……."

울먹이며 하는 말에 우민은 힘주어 카타리나를 안았다.

"내일 말씀드리고 차차 진행해 나가자. 내년부터는 쭉 함께 하자."

결국 눈에 그렁그렁하게 고여 있던 눈물이 툭 하고 흘러내렸다.

\*          \*          \*

다음 날.

이른 아침 회사에 도착한 손석민은 바로 인터넷에 접속해 사람들의 반응을 살폈다.

**〈이우민 작가, 신랄한 비판으로 한국이 나아가야 할 방향을 제시하다〉**

풋.

손석민이 실소를 흘렸다. 최소한 조롱이라는 단어가 신문에 실릴 줄 알았다. 우민이 기자들을 향해 날린 독설에 대한 반응이 나올 거라 생각했지만 일언반구 언급도 없었다.

"역풍이라도 맞을까 몸을 사리는 건가……."

손석민은 마우스를 움직여 가며 기사를 살펴보았다. 어린 시절과는 달리 정말 신기하게도 악평의 기사가 단 하나도 보이지 않았다.

노벨상이 주는 권위의 힘이 어느 정도인지 새삼 실감하는 중이었다.

"아니면 과거의 일에 대한 속죄인가."

또 다른 기사를 살펴봤지만 내용은 비슷했다.

**〈노벨 문학상 작가 이우민, 공항에서의 소신 발언〉**

우민이 공항에서 했던 발언들이 한국의 미래를 걱정하고, 방향을 제시하는 발언들로 둔갑되어 있었다. 기사 밑에 달린 댓글들도 비슷한 반응이었다.

—adm***: 노벨상 작가님 말씀 영접하러 왔습니다.

—cgjss***: 이분이 바로 그 한국 최초 노벨 문학상 작가님?

—klks***: 동격은 오로지 셰익스피어밖에 없다. 작가님, 저 잘했죠? 차기작 좀 빨리.

—xka***: 공항 인터뷰는 보고 빠는 거냐? 책 좀 팔린다고 아주 거만의 극을 달린다.


가끔 달리는 악플들은 네티즌들의 집중포화를 맞고는 소리소문 없이 사라지기 일쑤였다. 기사를 보던 손석민이 느낀 감상은 단 하나였다.

"이제는 정말… 종교가 되었구나."

노벨상을 기점으로 우민은 대중들에게 하나의 종교가 되어 있었다.

맹신.

우민이 하는 말은 팥으로 메주를 쑨다고 해도 믿을 것 같았다.

그렇게 기사를 검색하던 손석민의 눈에, 하루 만에 작은 탑처럼 쌓여 있는 결재판이 들어왔다.

"휴우, 어서 일이나 하자. 저녁에는 또 약속 나가야 하잖아."

손석민이 스스로를 다독이며 다시 올라와 있는 서류에 집중했다.

*       *       *

작가 그룹 사무실.

작은 단독주택에 커다란 현수막이 붙어 있었다.

〈작가님의 노벨상 수상을 축하드립니다〉

현수막을 확인한 우민이 멈칫하며 걸음을 멈추었다.

"이런 거 하지 말라니까."

옆에 있던 카타리나가 말했다.

"왜, 보기 좋은데."

둘의 방문을 알아차린 주택에서 문이 열리며 사무실 사람들이 모습을 드러냈다.

이제는 세계적인 감독으로 변신한 김승완 감독에서부터, 전석영, 함수호 등등이 나와 박수를 치고 있었다.

"축하드립니다. 작가님!"

우민이 머쓱하게 웃어 보이며 손사래를 쳤다.

"정말 대단하십니다. 제 인생의 롤모델이에요."

"축하드려요! 고생 많으셨어요."

너도나도 보내는 축하 인사에 우민은 고개를 숙여가며 감사 인사를 표했다. 한바탕 축하인사 치레가 끝나고 우민이 용건을 말했다.

　"저희도 이제 이사 갑시다."

　전석영이 웃으며 대답했다.

　"그렇지 않아도 W 출판사 직원이 와서 알려줬어요. 이사 준비하셔야 된다고. 개인 짐은 전부 챙겨놨습니다."

　"아… 하하, 빨라서 좋네요. 장소는 그리 멀지 않아요. W 출판사 빌딩 바로 옆에 있어요."

　이번에는 함수호가 답했다.

　"그것도 이미 들었습니다."

　"아… 뭐, 더 이상 말할 것도 없네요."

　우민의 말이 끝나자마자 다시 축하 인사가 시작되었다.


　어떻게 상을 받을 수 있었냐.

　한국인 최초로 노벨 문학상을 받은 느낌이 어떠냐.

　도대체 어떻게 글을 써야 작가님처럼 될 수 있는 거냐.

　공항에서 들었어야 했지만 자신이 잘라 버렸던 질문들이 쏟아져 나왔다.

　이들은 자신과 특별한 관계에 있는 사람들이다. 우민은 천천히, 그리고 차분하게 설명을 해나갔다.

자신이 느낀 소감에서부터, 글을 쓸 때 항상 중요하게 생각했던 점들을 말해주었다.

이미 한 번 말한 내용들이 대부분을 차지했지만 어디에서도 쉽게 들을 수 없는 노벨 문학상 수상자가 하는 말이어서일까. 사람들은 더할 나위 없이 집중하는 중이었다.

그렇게 한동안 설명이 끝나고 우민은 김승완을 따로 불러냈다.

"'떨어진 달' 2부 제작을 시작하기에 최적의 시기인 것 같은데, 감독님 생각은 어떠세요?"

"언제든지 시작할 준비를 마쳐놓고, 말씀 나오실 때를 기다리고 있었습니다."

"그러면 아저씨랑 상의해서 제작 발표회 일정부터 잡도록 해요. 노벨상 수상 직후에 해야 이슈화가 더 크게 될 테니까요."

"알겠습니다. 작가님."

"전작의 호평과 기록을 깰 수 있도록 잘 부탁드립니다."

김승완이 고개를 숙이며 대답했다.

"작가님 명성에 누가 되지 않게 정말 최선을 다하겠습니다."

중세 시대 충성하는 군주를 대하는 듯한 태도였다. 손석민이 보았다면 아마 '종교'라는 표현을 썼을 법한 모습이었다.

우민이 얼른 자리에서 일어나 김승완의 어깨를 잡고 고개를 세우도록 만들었다.

"이, 이러지 마세요. 너무 부담스럽습니다."

"아닙니다, 작가님. 이 정도도 부족합니다. 뚜렷한 데뷔작 하나 없이 충무로 전전하던 저를 이 정도까지 키워주신 게 누구 때문인지 뼈에 새겼습니다. 분골쇄신하여 최고의 작품을 만들어내도록 하겠습니다."

김승완의 각오에 우민은 그저 괜찮다며 지금처럼만 해달라는 말로 대답을 대신했다.

그 순간, 닫혀 있던 방문이 벌컥 열리며 사무실 사람들이 우르르 쏟아져 들어왔다.

바로 뒤이어 모습을 드러낸 카타리나가 말했다.

"아니, 이 사람들이 귀를 대고 조용히 엿듣고 있더라고."

그러자 함수호가 먼저 말했다.

"작가님, 저도 최선을 다하겠습니다. 지켜봐 주세요."

전석영도 비슷한 반응이었다. 송민영도 수줍게 웃으며 말했다.

"빌딩 옮기셔도 저희… 모른 척하시면 안 됩니다."

우민은 웃음으로 대답을 대신했다.

*      *      *

이미 언론에 알려질 만큼 알려진 얼굴이었다. 잘생긴 외모는 사람들로 하여금 한 번이라도 더 돌아보게끔 만들었다. 거기에 잘 구축된 이미지로 우민의 근처엔 사람들이 끊이지 않았다.

그래서 예약한 호텔 프라이빗 레스토랑의 룸.

철저하게 교육받은 그곳의 직원도 안내를 하며 연신 우민을 훔쳐보기 바빴다. 뭐라 한마디 말이라도 걸고 싶은 눈치였다.

카타리나가 우민의 귀에 대고 속삭였다.

"저분 사인 받고 싶어 하는 것 같은데?"

"언제는 여자들한테 눈길도 주지 말라며."

카타리나가 우민의 엉덩이를 두어 번 두드렸다.

"오구오구, 우민이 어린이가 말 잘 듣네요. 오늘 상 줘야겠어."

우민이 고개를 저으며 앞장서서 걸었다. 몇 분 지나지 않아 방 앞에 도착했고 문을 열고 들어가자 어머니와 아저씨가 앉아 있었다. 가족이라 부를 수 있는 사람들은 모두 도착해 있었다.

우민의 시선이 가장 먼저 향한 곳은 어머니 박은영이었다. 입술을 꽉 깨물고 있던 박은영이 우민을 보자마자 자리에서 일어나 다가갔다.

"왜 집으로 안 오고……."

박은영이 힘주어 우민을 안았다. 말끝에서 묻어나는 습기에 우민의 가슴도 울컥거렸다.

"그냥……."

우민은 식도를 타고 올라오려는 감정을 겨우 밀어 내렸다. 그렇게 오랜만의 재회가 끝나고, 식사가 하나씩 도착했다. 박은영에게는 이름조차 생소한 것들이 대부분이었다. 그럼에도 그녀의 관심사는 오로지 우민 하나였다.

이제는 노벨 문학상까지 받은 아들이 자랑스러워 견딜 수가 없었다. 어떻게 자신의 배 속에서 저런 아들이 나왔는지 신기할 따름이었다.

식사는 하지 않고 자신만 쫓아다니는 시선에 우민이 살며시 포크를 내려놓았다.

"엄마, 좀 먹어봐. 맛있어."

"그래, 너도 어서 먹어라. 글 쓰느라 얼마나 고생했는지 핼쑥해진 것 봐."

걱정이 가득했다. 그 마음이 느껴져 우민은 다시 한번 먹먹해진 가슴을 쓸어내려야 했다.

"밖에서 잘 먹고 다녔어. 오히려 2kg 찌고 왔어."

"그래, 어서 먹자."

박은영이 다시 포크를 들고 칼을 이용해 고기를 썰었다. 그간의 일들을 이야기하는 시간이 흘러가고 식후 커피가 도착했을 때 우민이 본론을 꺼냈다.

"이제 나도 가족을 만들까 해."

옆에 앉아 있던 카타리나가 긴장을 감추지 못하고 마른 입술을 꽉 깨물었다. 이미 예전부터 예감하고 있었다는 듯 박은영은 담담했다. 그저 우민을 보고 있을 뿐이었다.

"잘 생각해서 결정한 거지?"

우민이 고개를 끄덕였다. 잔뜩 굳어져 있던 카타리나의 얼굴 근육이 서서히 풀리기 시작했다.

"그럼 됐다. 나도 예전부터 둘이 잘됐으면 좋겠다고 생각하고 있었어."

카타리나도 꾸벅 고개를 숙였다.

"앞으로 잘할게요, 어머니."

"그냥 지금처럼만 해주면 좋겠구나."

"결혼식은 따뜻한 봄에 하려고."

이번에는 박은영이 그저 고개를 끄덕이는 것으로 대답을 대신했다.

머리가 흔들릴 때마다 눈물이 흘러내릴 것 같았다. 언제가 될지 모르지만 이날이 올 거라 예상은 하고 있었다.

막상 현실로 닥치자 기쁨, 슬픔, 아쉬움 등이 뒤섞인 감정이 쉽사리 진정되질 않았다. 옆에 앉아 있던 손석민이 손수건을 내밀었다. 마주 보고 앉아 있던 우민은 그저 조용히 그 모습을 지켜보았다.

'행복해 보이셔서 다행이야.'

둘 사이에서 불화의 기운은 전혀 느껴지질 않았다. 오히려 서로를 위하는 마음만이 느껴졌다.

박은영이 촉촉한 습기가 느껴지는 목소리로 말했다.

"잘됐구나. 잘됐어… 둘이 행복하게, 서로를 위하면서 잘살 거라."

상황이 정리되었다고 생각한 손석민이 웃으며 말했다.

"이렇게 좋은 날 술이 빠질 수 없지. 와인 한 잔씩 하자."

종업원이 고급 와인을 한 병 가져왔고, 기분 좋은 술자리는 밤늦도록 이어졌다.

*　　　*　　　*

2월 말.

한국에 들어와 전국 투어 북 콘서트가 끝나고 우민은 다시 인천국제공항을 통해 LA로 출국했다. 3월에 있을 아카데미 시상식 각본상 후보로 지명되었기 때문이었다.

전 세계를 휩쓴 '떨어진 달'이다. 아카데미 후보로 오르지 않는 것이 이상했다.

노미네이트된 부분은 각본상, 감독상, 각색상, 촬영상, 미술상, 의상상, 편집상, 시각효과상, 분장상, 음향효과상, 남우주연상, 여우주연상으로 총 12개 부문이었다.

전 세계를 휩쓴 영화의 힘이 아카데미 역시 휩쓸자 사람들의 정신이 모두 그곳에 쏠려 있을 때 우민은 LA의 한 가정집에서 식사를 하고 있었다.

"우리 딸과 결혼하고 싶다고?"

"네. 카타리나를 사랑합니다."

우민의 낯부끄러운 말에 카타리나의 아버지는 과장된 리액션을 해보였지만 어머니는 더할 나위 없이 행복한 표정을 지어 보였다.

"타냐, 정말 최고의 신랑을 데리고 왔구나."

"그렇지, 엄마? 내가 남자 보는 눈이 있다니까."

여동생의 결혼 소식에 앞다투어 모여든 오빠들은 우민을 한 번 보고 다시 카타리나를 보며 도저히 믿기 어렵다는 듯 중얼거렸다.

"어떻게 저런 분이 카타리나와 결혼을… 저 아이 방이 얼마나 더러운지, 평소 성격이 얼마나 드센지 작가님 알고 계신 건가요?"

오빠들의 말에 카타리나가 눈을 치켜떴다. 거기에 아버지까지 합세했다.

"아무리 내 딸이지만 너무 과분하다는 생각을 지울 수가 없군."

결국 카타리나가 참지 못하고, 눈을 치켜떴다.

"아빠!"

"아니, 정말로… 떨어진 달의 원작자이시며, 노벨 문학상 수상 작가가 내 사위가 된다니… 아버지는 믿을 수가 없구나. 딸아… 이게 정녕 현실인 거냐?"

카타리나가 고개를 흔들며 작게 한숨을 내쉬었다. 그러고는 자리에서 일어나 천천히 아버지에게 다가갔다.

"볼이라도 한 번 꼬집어줘?"

아버지의 낯빛에서 두려움이 스쳐 지나갔다.

"아, 아니, 괜찮다."

오빠들도 믿기지가 않는지 우민에게 물었다.

"정말, 진짜, 실제로 카타리나와 결혼할 생각이십니까? 작가님이 왜… 뭐가 부족해서 이 아이와 결혼을……."

피부에서부터 엄습하는 한기에 오빠들은 말을 잇지 못하고 조용해졌다. 카타리나는 도끼눈을 뜨고 오빠들을 노려보는 중이었다. 화목한 분위기에 우민은 그저 잔잔한 미소를 보일 뿐이었다.

그러다 마주친 카타리나의 찌릿한 눈빛에 우민이 담담히 입을 열었다.

"사랑하기 때문입니다. 카타리나와 가정을 만들고, 아이를 낳고 싶습니다. 그러면 행복하게 살 수 있을 것 같아서 결심하게 됐습니다."

묵직한 한 방.

식탁 위는 단숨에 조용해졌다. 카타리나의 아버지는 조용히 엄지를 치켜들었고, 어머니는 카타리나의 뒤에서 귓가에 조그맣게 속삭였다.

"나는 마음에 든다."

"내가 사람 보는 눈 하나는 정확하잖아."

"그럼, 그럼. 어디서 저런 남자를 데려온 건지 우리 딸 정말 칭찬해."

오빠들은 여전히 믿을 수가 없다는 눈빛으로 둘을 바라보았다.

"정말 노벨 문학상 수상 작가이자 아카데미 각본상 후보이자 공쿠르, 맨부커 수상자님이 카타리나를 사랑한다는 말입니까? 이건 정말… 말도 안 돼……."

우민이 마지막 대답으로 쐐기를 박았다.

"네."

간단하지만 단단한 대답에 논란은 종식되었고, 달그락거리는 식사 소리가 시작되었다.

\*　　　　　\*　　　　　\*

대한민국 시간으로 오전 10시.

지상파 3사가 동시에 아카데미 시상식을 생중계하는 중이었다. 대한민국을 대표하는 작가이자 노벨 문학상 수상 작가인 이우민이 아카데미 각본상에 지명되었기 때문이다. 손석민도 방혜리와 함께 TV 앞에 앉아 있었다.

W 출판사 전 직원들도 이 시간만은 일손을 멈추고 숨죽인 채 TV를 시청했다.

"어때요? 가능성이 있다고 봅니까?"

손석민의 물음에 방혜리는 즉답했다.

"최소 5개 예상합니다. 그중 각본상은 당연히 수상해야 하는 거죠."

"과연… 정말 이것까지 수상하면… 전무후무한 기록이 달성되는 건데."

세계 3대 문학상을 전부 석권하고, 판매량은 세계 최고를 기록 중에 있다. 자잘한 상을 수상한 건 말할 거리조차 되지 않았다.

아카데미 각본상까지 수상한다면, 이제는 더 이상 받을 만한 상이 남아 있지 않다고 봐도 무방했다.

─각본상 수상자를 발표하겠습니다.

발표자로 나온 인물에 말에 손석민이 꼴깍 침을 삼켰다. 자신감에 넘치고 있었지만 방혜리도 긴장되기는 마찬가지인지 숨죽인 채 TV에 시선을 고정했다.

카메라 화면이 돌아가며 객석에 앉아 있는 우민을 비추었
다. 우민이 여유 있게 손을 흔들며 웃어 보였다. 대한민국 국
민이 저 자리에 있다는 사실 자체가 뿌듯함으로 밀려오는지
TV를 시청 중인 대중들은 미칠 듯한 속도로 댓글을 달았다.

—갓우민 님 나오신다.
—갓님이 이번에도 수상할 것인가.
—이분 아니면 누가 타냐. '이우민'밖에 없다.

포털 사이트는 폭주하는 댓글 덕분에 트래픽 과부하에 시
달렸고, 아카데미상 생중계권을 따낸 방송국들은 오랜만에 올
라가는 시청률에 함박웃음을 지었다.

우민을 향해 있던 카메라가 다른 후보자들을 하나씩 거쳐
갔고, 진행자는 들고 있던 봉투를 열어 수상자를 확인했다.

이번에도 별다른 이변은 없었다.

\*             \*             \*

인천국제공항으로 취재를 나온 마동민은 입맛을 다시며 취

재 라인 앞에 서 있었다.

"아카데미까지 수상하다니… 하긴 노벨상도 탄 마당에 아카데미 정도야 우스운가……."

이우민이라는 작가의 정체가 궁금했다. 사람이 어떻게 태어나야 저런 능력을 가질 수 있는 것인가.

지난번 취재에서 보였던 이우민 작가의 거만함이 이제는 마치 당연한 것인 양 다가왔다.

"이번에도 비슷한 말을 하려나."

자못 궁금했다. 그사이 입국장으로 우민이 걸어 나왔다. 양 옆으로는 검은색 선글라스를 착용한 경호원들이 철통 경비를 하고 있는 중이었다.

간혹 몇몇 정치인들이 다가가 악수를 하려 했지만 경호원의 제지에 뜻을 이룰 수 없었다.

"저건 좀 쌤통이다. 어디서 새치기야."

모습을 보니 사전 약속이 되어 있지 않아 보였다. 다시 한 번 포토 라인 앞에서 우민이 포즈를 취하고는 수십 개의 마이크가 채워져 있는 봉 앞에 섰다.

"반갑습니다. 벌써 몇 번째 여러분들을 만나는지 모르겠네요. 정말 수고가 많다는 말씀 먼저 드립니다."

몇몇 기자들 사이에서 웃음이 터져 나왔다. 지난번과는 달리 호의적인 분위기에 마동민도 슬그머니 웃음을 보였다.

"이번에도 여러분들에게 좋은 소식을 들려 드리게 되어 다행이라 생각합니다. 아카데미 각본상에서부터 감독상까지 총 6개 부문에서 수상하고 왔습니다."

마동민의 가슴 깊은 곳에서 자신도 모르게 간직하고 있던 애국심이 꿈틀거리는 게 느껴졌다. 같은 한국인이라는 사실이 자랑스러웠다.

"이미 다들 아시는 소식은 빠르게 넘어가고, 새로운 소식을 하나 들려 드릴까 합니다."

우민의 돌발 발언에 기자들은 초집중 상태로 정면을 주시했다. 마동민도 울컥거리는 가슴을 진정시킨 채 우민을 보았다.

"올 봄 결혼을 하려고 합니다."

특종이다.

수백 대의 카메라가 일제히 플래시를 터뜨렸다. 마동민도 침을 꿀꺽 삼키며 온 정신을 집중해 우민의 발언을 받아 적었다.

\*       \*       \*

<이우민 작가 결혼 발표. 상대는 묘령의 미국 여성>
<[단독]이우민 작가의 뮤즈. 같은 작가 그룹 사무실의 작가>
<평생의 반려자를 찾은 이우민. 앞으로의 작품 활동은?>

우민의 결혼 소식이 신문 1면을 장식했다. 이제 전국에, 전 세계에 이우민이라는 이름을 가진 작가가 결혼을 한다는 사실이 알려졌다.

이미 얼굴이 팔릴 대로 팔린 사람이다. 일종의 공인이 된 상황.

어디 가서 다른 여자를 만날 수도 없다.

"이제 정말 너밖에 없다."

우민의 장난 어린 푸념에 카타리나가 눈을 흘겼다.

"그러면 다른 여자 만나려고 했단 말이야?"

"물론 그런 건 아니지만. 뭐랄까. 공식적으로 알려지니… 내가 가진 남성성이 약간 희미해졌다고 해야 하나."

카타리나가 살짝 볼을 붉히며 대답했다.

"희미해지기는. 자기 어젯밤 기억 안 나?"

우민의 얼굴에도 홍조가 서렸다. 뜨거웠던 어젯밤이 떠올라 입안이 바짝 말라왔다.

"흠, 흠흠."

"그런데 우리 집은 어디에서 살지?"

"여기는 어때?"

"흐음……."

돈이라면 차고 넘치도록 있다. 집을 구하는 기준은 금액이 아니라 장소일 뿐이었다.

"아니면 다른 곳도 괜찮아. 미국으로 가고 싶은 거면… 한 번 생각해 볼게."

미국이라는 말에 카타리나의 얼굴이 살짝 밝아졌다가 다시 어두워졌다.

미국.

가족들이 있는 그곳으로 가고 싶은 마음은 있었다. 그러나 우민의 유일한 가족인 어머니 박은영이 마음에 걸렸다. 더구나 우민은 한국 사람 아닌가.

"만약 정말 너와 결혼했을 때 신혼집은 어디로 해야 할지 나도 오랜 시간 동안 생각해 봤는데… 미국은 아닌 것 같아."

우민은 안도의 한숨이 나오려는 걸 겨우 참았다.

"네가 편한 곳으로 말해줘. 최대한 맞출 테니까."

우민의 진심 어린 말에 카타리나도 또다시 눈시울을 붉혔다.

미국을 떠나와 타지 생활이 벌써 몇 년째였다.

결코 쉬울 리 없는 이 생활을 버틸 수 있었던 건 모두 이우민이라는 남자 때문이었다.

그런데 이 남자는 이제 자신에게 청혼하고, 대부분의 생활을 맞춰주려 하고 있었다.

"사실… 여기도 나쁘지 않아. 한강이 보이고, 사무실에서 만난 친구들도 있으니까. 그런데 신혼집으로 하기에는 너무 크지 않을까? 청소하기 너무 힘들잖아."

"도우미 이모님 부르면 되지 않을까?"

"뭐, 그런 건 차차 이야기해 보자. 식장 잡고, 드레스 고르는 것부터 시작해도 될 테니까."

카타리나의 표정이 다시 밝아졌다. 아름다운 드레스를 고르고, 화려한 결혼식장을 고민하느라 정신이 없는 듯 보였다.

*　　　　*　　　　*

그 시간에도 우민의 책은 꾸준히 팔리고 있었다. 10억 부, 15억 부를 넘은 책은 매일같이 기록을 갈아 치우며 역사를 만들어 나갔다.

그리고 결국 달성한 20억 부.

2위인 8억 부가량 팔린 '모택동 어록'과도 12억이라는 숫자가 나는 차이. 더구나 중국에서의 판매량이 대부분이었던 '모택동 어록'과는 달리 우민의 책은 전 세계에서 절찬리에 판매 중이었다. 그만큼 앞으로 판매량이 더욱 늘어날 여지가 많다는 뜻이기도 했다.

특히나 방혜리의 전략이 주효했다. 많은 사람들이 우민의 책을 소장용으로도 구매한 것이다.

눈길을 사로잡는 디자인에 적혀 있는 주옥같은 글귀들은 인간의 본능적인 구매욕을 자극했다.

그렇게 늘어난 판매량은 20억 부를 넘어 단숨에 25억 부를 넘어섰다.

25억.

전 세계에서 가장 유명한 SNS의 사용자가 20억 명가량으로 알려져 있다. 25억이라는 숫자는 그보다 많은 수치였다. 전 세계 인구 70억 명 중 3분의 1은 우민의 책을 읽었다고 볼 수 있었다.

이걸 돈으로 환산한다면 37조 이상이었다.

37조.

일반인이라면 상상조차 하기 힘든 금액이었다.

로또 당첨금이 20억 언저리다.

37조는 그 만 배를 넘어가는 금액.

우민은 엄청난 재벌이 되어가는 중이었다.


그에 비례해 내야 할 세금 역시 기하급수적으로 올라갔다. 우민의 개인 세무사에서 출발해 이제는 세무 법인까지 만들게 된 세무사는 사무실에 앉아 떨리는 가슴을 진정시키지 못하고, 덜덜거리며 한쪽 다리를 떨었다.

"이번에도… 마찬가지로 진행하시겠다는 말씀이신 거죠?"

다시 한번 확인해 보았지만 대답은 같았다.

"네. 법인 전환은 없습니다. 개인 사업자로 세금 처리해 주세요."

"이번에는 일조가 넘을 겁니다. 어쩌면 2조가 될 수도 있습니다… 아니면 3조 그 이상이 될지도……."

계산을 하는 머릿속이 복잡한지 말을 할 때마다 숫자가 달라졌다. 4천억이라는 세금이 나올 때도 심장이 떨려 몇 날 며칠 밤잠을 제대로 이루지 못했었다.

이제는 조 단위를 넘어간다. 잘못 신고를 했다가는 과징금만 해도… 상상만으로도 아찔했다.

"하하, 제가 말씀드렸던 숫자에 드디어 도달했네요."

세무사는 잔뜩 긴장한 표정으로 침을 꼴깍꼴깍 삼킬 뿐 말을 잇지 못했다.

작년에 낸 세금이 4,000억가량이다. 그런데 올해는 1조를 세금으로 내겠다니, 국내 매출 규모 1위 기업이 납부하는 금액에 서서히 다가가고 있었다.

어쩌면 넘어설 수도 있었다.

개인이 수만 명이 일하는 기업보다 많은 세금을 내다니… 보고 있으면서도 잘 믿기지가 않았다.

"그, 그저 대단하다는 말밖에는 못 드리겠네요……."

"저는 회사를 운영할 재목도, 능력도 되지 못합니다. 그런데 허울뿐인 법인을 만들어서 무엇하겠습니까. 그리고……."

"빌 게이츠는 거리에 떨어진 돈을 줍지 않는다?"

"하하, 네. 그런 것들 고민할 시간에 글 한 자 더 쓰면 더 많은 돈이 들어옵니다. 세무사 님이라면 어떤 길을 선택하시겠습니까?"

우민의 반문에 세무사는 아무런 대답도 하지 못했다.

"알겠습니다. 그럼 그렇게 준비하겠습니다. 이번에도 언론에 미리… 알릴까요?"

"아닙니다. 올해는 굳이 그럴 필요까지는 없어졌어요."

"알겠습니다. 직원들 입단속 단단히 시키겠습니다."

우민이 고개를 주억거렸다.

\*　　　　\*　　　　\*

W 출판사 사무실.

이우민 전담 팀의 규모는 계속 커져 이제 신사동 빌딩 한 층 전체를 사용하고 있었다. 그곳의 수장 방혜리의 사무실은 가장 안쪽에 위치해 있었다.

방혜리가 아침 10시 출근해 가장 먼저 확인하는 일은 책상 위에 올라 있는 보고서를 읽는 것이었다.

〈이우민 작가 판매 현황〉

보고서는 매일 갱신되어 올라온다. 방혜리는 한눈에 현황을 읽어나갔다.

"이제 30억을 넘었으니… 40억까지 10억 부가 남은 건가."

40억 권이 팔린 성경.

불가능해 보이는 숫자에 이우민 작가가 한 걸음씩 다가가고 있었다.

성경은 수십 년 전부터 전 세계에 판매되며 기록된 책이었고, 우민의 책은 아직 출간된 지 채 1년도 되지 않았다.

그렇다는 뜻은 언젠가는 40억 부를 넘어선다는 뜻이다.

그러나 그때까지 기다리고 싶지 않았다.

1년이 되는 날 이우민 작가님에게 40억 부, 전 세계 판매량 1위라는 타이틀을 선물하고 싶었다.

"읽을 만한 사람은 전부 읽었다고 봐야 하는데……."

판매 현황에는 나라별 판매량도 적혀 있었다.

유럽 인구은 인구 대비 70%가 책을 읽었다. 미국도 비슷한 수치. 44억 명이 넘는 숫자로, 세계에서 가장 인구가 많은 아시아 지역에서 책을 읽은 사람의 비율이 아직 50%가 되질 않았다. 그중에서도 인구가 많은 중국, 인도의 판매량이 저조했다.

"아시아, 아프리카 지역을 집중 공략해야 돼."

그렇게만 된다면 40억이라는 숫자를 넘어설 수 있을 것처럼 보였다. 불가능이 현실이 되는 것이다.

"지역이 지역이니… 이번에는 '초저가' 라인업을 진행해 볼까."

일반 책이 1만 5천 원.

프리미엄 라인 2만 원.

초저가 라인을 5천 원으로 생산한다면… 40억이라는 숫자 달성이 그리 어렵게 보이지 않았다.

"초저가… 초저가로 하면… 되겠는데."

생각 정리를 마친 방혜리가 유관 부서 책임자들을 호출했다. W 출판사 그 자체라고 할 수 있는 우민의 일이다. 최우선으로 처리돼야 할 일을 거부하는 직원은 없었다.


\*　　　　\*　　　　\*


바베이도스.

우민을 알아보는 사람이 별로 없는 곳.

카타리나가 원하던 곳.

두 가지 조건을 모두 충족시키는 장소라는 생각에 선택한 곳이었다. 카리브해에 있는 작은 섬나라로, 아름다운 해변이 사람들의 마음을 훔치는 곳으로 알려져 있었다. 그러나 입국장으로 들어서자마자 우민은 펜을 놀리기 바빴다.

"네. 감사합니다."

우민은 빠르게 사인을 마쳤다. 신혼여행을 와서까지 사인이라니 혹여 카타리나의 마음을 상하게 할까 걱정되었다. 그런 마음을 안다는 듯 카타리나가 괜찮다는 신호를 보내왔다.

"괜찮아, 한두 번 있는 일도 아니고."

이 작은 섬에도 우민의 팬이 있을까 했지만 '혹시나'가 '역시나'였다. 사인을 마친 우민이 재빨리 달려와 카타리나의 손을 잡았다.

"하하, 신혼여행까지 와서 미안해."

"이런 인기 스타를 둔 부인의 비애라 생각해야지."

"하하하, 그건 나랑 같은데? 보는 것만으로도 가슴 떨리는 이런 미녀를 부인으로 둬서 항상 긴장하고 있으니까."

카타리나가 코웃음을 쳤다. 연애를 하고 결혼을 하기 전 우민이 보였던 반응이 카타리나의 기억을 스쳐 지나갔다.

"그런 사람이 그렇게 행동해 왔어?"

"왜. 좋아하면 오히려 틱틱거린다고 하잖아."

살짝 눈을 감은 카타리나가 고개를 흔들었다. 공항을 나오자 시원한 바다 냄새가 코끝을 스쳤다. 가슴이 시원해지는 기분이었다.

카타리나가 기분 좋은 미소를 지으며 말했다.

"좋다. 여기 오길 잘한 것 같아."

우민이 고개를 끄덕이며 바닷가 쪽을 바라보았다. 이국적인 풍경, 탁 트인 풍경 속에 담겨 있는 바다가 막혀 있던 가슴을 뻥 뚫어주었다.

"역시 남자는 여자 말을 잘 들어야 한다니까."

"큭, 이우민 너 이제는 아부도 잘하네?"

"아부라니, 내 진심을 그렇게 왜곡하면 안 되지."

둘은 담소를 나누며 대기하고 있던 차에 올라타 호텔로 향했다. 예약해 둔 '페어몬트 로열 파빌리온' 5성급 호텔은 하룻밤에 200만 원이 넘는 금액을 지불해야 하는 최고급 호텔이었다. 호텔에서 보이는 바다 전망은 눈을 떼지 못할 만큼 환상적이었고, 놓여 있는 침대에서부터 제공되는 식사까지 어느 것 하나 흠잡을 것이 없었다. 해가 지며 만들어내는 노을은 이루 말할 수 없을 만큼 낭만적이었다.

우민은 노을을 보고 있는 카타리나를 보았다.

'이 사람이 내 부인이라니⋯⋯.'

노을에 빠져 있는 카타리나의 외모는 비현실적이었다. 자신이 판타지 소설에서 묘사한 '엘프'가 옆에 앉아 있는 것만 같았다.

그 순간 카타리나의 고개도 옆으로 돌아갔다. 마주친 두 눈에서 찌릿거리는 스파크가 튀었다. 대화는 필요 없었다. 정신없이 서로를 탐했다.

띠링거리는 소리와 함께 도착한 문자도 보지 못했다.

—작가님, 축하드립니다. 40억 부 돌파했습니다.

방혜리에게서 도착한 문자였다.

*       *       *

"으아아아아아앙!"

우렁찬 소리와 함께 핏덩이 같은 조그마한 생명체가 의사의 손에 들려 나왔다.

"4시 32분, 아들입니다. 아버님 탯줄 자르시겠습니까?"

우민이 마른침을 삼키며 선뜻 나서지 못했다. 침대에 두 다리를 쩍 벌리고 누워 있던 카타리나가 도끼눈을 하고 우민을 보았다.

그제야 정신을 차린 우민이 허겁지겁 가위를 들고, 아이와 연결되어 있던 실을 잘라냈다.

간호사들이 분주하게 움직이며 아이의 몸에 묻어 있던 노폐물을 닦아냈다.

싹둑.

탯줄을 자르자, 의사가 마무리 작업을 진행했다. 자연 분만이었지만 3.5kg의 신생아가 빠져나오기에는 작은 통로였다. 카타리나는 밀려오는 고통에 인상을 찌푸렸지만 아이를 바라보는 모습에서는 따듯한 미소가 가득했다.

의사의 처치가 끝나고, 카타리나가 환자 침대에서 내려왔다. 그사이 깨끗하게 닦여진 아이가 우민의 두 팔 위에 올려졌다.

두 눈을 크게 뜬 채 자신을 바라보는 모습에서 무한한 경외감이 느껴졌다.

"내가 아빠야."

우민이 작게 중얼거려 보았다. 아이는 아는지 모르는지 그저 두 팔을 가슴에 꼭 붙인 채 파르르 떨고 있었다. 어찌할 바를 모르고 아이를 보고 있는 둘에게 간호사가 다가왔다.

"눈, 귀, 코, 입, 손가락 다섯 개씩, 발가락 다섯 개씩 확인되셨죠?"

우민이 고개를 끄덕이는 사이 카타리나는 재빨리 아이를 살폈다. 간호사의 말대로 이상 없이 전부 붙어 있었다. 카타리나도 고개를 끄덕이며 대답했다.

"확인했습니다."

"사진 찍는 시간 드릴 테니, 찍고 저희 부르시면 됩니다."

말을 마친 간호사가 나가고, 우민은 딱딱하게 굳은 자세에서 한 치도 움직이지 못했다. 혹여 이 작은 생명체가 다칠까 염려하는 기색이 가득했다. 카타리나도 쉽사리 아이에게 손을 내밀지 못했다.

우민이 떨리는 목소리로 물었다.

"어, 어떻게 하지?"

"핸드폰으로 사진부터 찍자."

카타리나가 우민으로부터 핸드폰을 넘겨받아 사진을 찍었다. 몇 장의 사진을 남긴 후 간호사를 부르자, 다시 아이를 받아 갔다.

우민은 여전히 얼떨떨해 보였다. 정말 자신의 아이인지 믿기지가 않았다. 정확히는 현실감이 없었다.

"한 아이의 아버지가 된 기분이 어때?"

"사실… 잘 모르겠어. 뭐라고 대답해야 할까……."

카타리나가 놀라 하며 되물었다.

"네가 표현하지 못할 기분도 있단 말이야?"

우민은 작가, 그것도 노벨 문학상 수상에 빛나는 이 시대 최고의 작가였다.

호사가들은 그를 셰익스피어에 빗대곤 했다.

셰익스피어 이후 최고의 이야기꾼.

영국이 셰익스피어를 인도와 바꾸지 않았다면 한국은 그를 반도체 산업과도 바꾸지 않을 것이다.

전 세계 10대 기업에 '이우민'이라는 이름을 넣어야 할지도 모른다.

우민을 수식하는 문장들이었다.

"그런 네가 잘 모르겠다니, 아버지가 된다는 게… 정말 놀라운 일이기는 하구나."

우민도 별다른 답을 하지 못했다. 열심히 머리를 굴려보았지만 정말 별다른 표현이 생각나질 않았다.

아버지.

자신이 아버지가 되었다. 벅찬 감동, 가슴 가득 차오르는 충만감, 세상을 모두 가진 것 같은 기분 등등 몇 가지 단어와 문장들을 떠올려 보았지만 정확하게 이 기분을 나타내지 않았다. 우민은 그저 조용히 고개를 끄덕이는 것으로 대답을 대신했다.

시선은 아이가 자리 잡은 신생아실에서 떠나질 않았다.


\*　　　　　\*　　　　　\*


산후조리원.

퇴원한 카타리나가 10평 남짓한 산후조리원 독방에 누워 있었다. 바로 옆에는 두 눈을 꼭 감고 있는 아이가 한 명 잠을 자고 있었다. 아이를 보는 카타리나의 두 눈에서 꿀이 뚝 뚝 떨어지는 중이었다.

"너무 귀엽다, 그렇지?"

"매일 밤 눈앞에서 어른거려. 이런 경험은 정말… 난생처음이다."

아이를 보는 우민의 눈에서도 사랑이 넘쳐흘렀다.

"이름은 정했어?"

우민이 고개를 끄덕이며 주머니에서 종이를 한 장 꺼내 들었다.

이윤민.

"빛나고, 강인한 아이로 자라달라는 뜻이야."

카타리나가 아이에게서 시선을 떼지 못한 채 답했다.

"좋다. 빛나고, 강인한 아이."

잠에 취해 있던 아이의 두 눈이 조금씩 떠지더니 이내 울음을 터뜨렸다.

얼른 아이를 안아 든 카타리나가 가슴을 걷어붙이고 젖을 물렸다. 아직 스무 살 초반의 나이였지만 어머니의 풍모가 느껴졌다.

"잘 낳아줘서 고마워."

"당연한 걸 가지고, 그게 무슨 소리야."

"그냥… 아직 꿈 많고, 이것저것 하고 싶은 거 많을 나이에 한 아이의 어머니가 되었으니까……."

"호호, 내가 선택한 길인데 뭘. 그런 생각은 하지 마."

우민이 따뜻한 눈길로 둘을 바라보았다. 젖을 물고 있는 아이를 보자 한층 더 자신이 아버지가 되었다는 사실이 실감

났다.

아버지.

아버지다.

예전에 돌아가신 아버지도 자신이 태어났을 때 이런 기분이었을까? 우민은 부모님 생각이 절로 났다.

쪼옥, 쪼옥.

그러거나 말거나 아이는 젖을 빠는 데 여념이 없었다. 이마에서는 작은 땀방울이 흘러내렸다.

*      *      *

"아빠아아아아아!"

2살쯤 되어 보이는 아이가 도도도 거실을 가로질러 서재로 질주했다. 그 뒤로 앞치마를 한 카타리나가 빠르게 뒤를 쫓았다.

"이윤민! 아빠 글 쓰고 있으니까 방해하지 말라고 했지!"

그러나 소용없었다. 이윤민이라 불린 아이는 거침없이 질주해 벌컥 서재의 문을 열었다.

"아빠아! 나 이거! 이거 읽어줘!"

아이의 작은 손에는 동화책 한 권이 들려 있었다. 제목은 '꿀단지'. 표지에 그려져 있는 꿀벌들이 대충의 내용을 짐작하게 했다.

글을 쓰고 있던 우민이 재깍 고개를 돌렸다.

"어이쿠! 우리 아들 왔어요!"

"아빠빠! 빠빠! 이거, 이거!"

쓰러질 듯 뒤뚱거리면서도 아이는 손에 든 책을 놓지 않았다. 우민은 그 모습이 귀여워 아이를 번쩍 들어 안았다.

"어휴, 이 녀석이 아빠 일하고 있다니까."

"일! 일! 아빠빠! 일! 일!"

우민도 웃었고, 카타리나도 웃을 수밖에 없었다. 뽀뽀 세례를 퍼부은 우민은 아이를 내려놓고, 눈을 맞추며 말했다.

"알았어. 아빠가 읽어줄게."

"꺄아! 꺄아!"

아이가 손에 쥔 책을 우민에게 건넸다. 카타리나가 작게 한숨을 내쉬었다.

"에휴, 당신 일해야 하는데 방해되는 건 아냐?"

"일이야 천천히 하면 되지."

카타리나가 눈을 동그랗게 뜨며 말했다.

"아버지가 되더니 많이 변했네? 글 쓰는 것보다 중요한 일도 생기고. 집중할 때는 세상모르더니 애가 부르니까 바로 돌아보고. 이거 약간 섭섭하려고 하는데?"

우민이 아이와 눈을 맞추며 말했다.

"윤민아, 엄마가 아빠 혼내려고 해. 도와줘!"

"엄마, 아앙. 아앙이야!"

"응? 엄마 아앙이라고?"

"아앙. 아아앙!!"

도리도리 고개를 저으며 아앙이라는 말을 반복하는 아이를 보며 세상 어느 누구가 미소 짓지 않을 수 있을까.

더구나 우민과 카타리나 사이에서 태어난 아이다. 거부할 수 없는 치명적인 귀여움을 가지고 있었다.

떵동.

순간 벨이 울렸다. 카타리나보다 아이가 먼저 반응했다.

"어, 하부지, 할부지다!"

그러고는 또다시 뒤뚱거리며 현관문을 향해 걸어갔다. 뒤따라간 카타리나가 문을 열자 박은영이 손석민과 함께 서 있었다. 문을 열고 들어온 박은영이 번쩍 아이를 안아 들었다.

"윤민아! 할머니 왔다!"

"하무니, 하무니! 하무니다!"

아직 발음이 되지 않아 혀 짧은 소리를 냈다. 그게 아이의 귀여움을 한층 더 극대화시켰다.

"그래, 아이고, 우리 예쁜이. 못 본 새 벌써 이렇게 컸네."

"호호, 일주일 전에 보셨는데요."

"호호, 그런가. 아이라 그런가 하루하루가 달라."

이우민의 아이다. 말을 배우는 속도가 남달랐다. 아이는 곧 잘 박은영의 말을 따라 했다.

"달라, 달라. 나는 달라."

그 모습이 너무 귀여워 박은영이 볼을 마주 대고 비벼댔다. 끄으응 아이가 신음을 흘렸지만 아랑곳하지 않았다.

"할머니가 윤민이 주려고 장난감 사 왔지요."

손석민이 손에 들고 있던 봉투를 들어 보였다. 아이가 가지고 놀 만한 장난감이 한가득 들려 있었다. 카타리나가 아이를 보며 말했다.

"할머니 감사합니다, 해야지."

아이가 머리를 숙이며 대답했다.

"하무니 가사합니다."

박은영이 귀여움을 참지 못하고 아이의 머리를 쓰다듬었다.

"우리 윤민이가 벌써 다 컸네. 인사도 할 줄 알고."

"다 컸다. 다 컸다."

"벌써 아버지 기일이네요."

"그래, 윤민이랑 같이 가면 아버지도 기뻐할 거다."

우민이 고개를 끄덕였다. 카타리나도 앞치마를 벗고 준비해 두었던 음식을 포장했다. 지하를 벗어난 자동차 두 대가 교외로 향했다.

\*　　　　\*　　　　\*

우민이 아이의 손을 잡고, 잘 정돈된 무덤 앞에 섰다.

이철기의 묘.

이름 석 자 쓰여 있는 묘 위에 준비해 온 간단한 음식들이 차려지고, 차례대로 절을 시작했다.

"아버지, 저 왔습니다. 이번에는 손자도 데리고 왔어요."

먼 길이 힘들었는지 아이는 카타리나의 품에 안겨 깊은 잠에 빠져 있었다.

"귀엽죠? 저 닮아서 그런지 벌써부터 인기가 정말 대단해요. 어린이집에 보냈더니 거기 선생님들도 귀엽다고 난리가 났어요."

우민은 담담히 말을 이어나갔고, 박은영은 무덤 위에 듬성 듬성 나 있는 잡초를 뽑았다.

손석민은 뒤돌아서서 먼 산을 보고 있었다. 배산임수 지형에 자리 잡은 묘는 주변 경치가 대단했다.

"엄마랑 저 모두 잘 살고 있어요. 그러니까 너무 걱정하지 마세요."

너무 오래된 일이라 눈물은 나지 않았다. 박은영도 마찬가지인지 잡초 뽑기를 멈추고 회한 가득한 눈으로 흘러가는 강을 보고 있었다.

"저는 세금만 조 단위를 내는 부자도 됐어요. 아버지를…

힘들게 했던 그 돈, 어마어마하게 벌었어요."

우민은 들고 온 가방에서 노벨 문학상 메달을 꺼내 들었다.

"노벨 문학상도 받았어요. 이게 바로 그 메달입니다. 어때
요? 자랑스럽죠?"

살랑거리는 바람이 불어와 우민의 머리를 헝클였다. 마치
아버지가 머리를 쓰다듬어 주는 듯한 기분에 우민은 코끝이
찡해졌다.

"그리고 제 책이 전 세계에서 가장 많이 팔렸어요. 무려 48억
부. 상상이나 되세요? 전 세계 반 이상이 제 책을 읽었다는 말이
에요."

살랑.

또 한 번 바람이 불어 우민의 머리를 어루만졌다. 우민은
먹먹해지려는 가슴을 겨우 진정시킨 채 말을 이었다.

"바로 아버지 아들이 해낸 일이에요. 그러니 저승에서 실컷
자랑하셔도 됩니다."

휘이잉.

이번에는 약간 세찬 바람이 불었다. 박은영이 뽑아놓은 잡
초들이 바람에 날려 허공에 비산할 정도였다.


"장하다, 우리 아들. 이 애비가 저승에서 실컷 네 자랑 하고 돌
아다니마."

마치 아버지의 말이 들리는 것 같았다.

우민은 노벨 문학상 메달 옆에 영국 기네스북에서 인정받은 순위를 내려놓았다.


전 세계에서 가장 많이 팔린 책.


1위, 어머니(이우민) 48억 권.

2위, 성경 40억 권.

3위, 모택동 어록(모택동) 8억 권.

4위, 해리 포터(J. K. 롤링) 4억 권.

5위, 어린 왕자(앙투안 드 생텍쥐페리) 2억 권.


가장 첫 줄에 우민의 이름이 적혀 있었다.


『재벌 작가』 완결